MeTRÔ

Volume 1 - Lorens & Humanos

J. Rubberman

MeTRÔ

Volume 1 - Lorens & Humanos

PandorgA
2015

Direção Editorial
Silvia Vasconcelos
Editora
Barbara Castro
Preparação
Tássia Carvalho
Composição de capa
Marina Avilia
Revisão
Claudia Fiorillo

Texto de acordo com as normas do Novo Acordo Ortográfico da Língua Portuguesa
(Decreto Legislativo nº 54, de 1995)

Dados Internacionais de Catalogação na Publicação (CIP)
Ficha elaborada por: Tereza Cristina Barros - CRB-8/7410

Rubberman, Joshua
Metrô, volume 1 : lorens e humanos / Joshua
Rubberman -- São Paulo : PandorgA, 2015.

ISBN 978-85-61784-59-1

1. Ficção – Literatura brasileira I. Título.

24.03/002-2015 CDD-869.93

Índices para catálogo sistemático:
1. Ficção : Literatura brasileira 869.93

2015
IMPRESSO NO BRASIL
PRINTED IN BRAZIL
DIREITOS CEDIDOS PARA ESTA EDIÇÃO À
EDITORA PANDORGA
AVENIDA SÃO CAMILO, 899
CEP 06709-150 – GRANJA VIANA – COTIA – SP
TEL. (11) 4612-6404

WWW.EDITORAPANDORGA.COM.BR

AGRADECIMENTOS

A minha esposa, Raquel de Oliveira de Sousa,
por apoiar o projeto;

a Amanda Barros,
pela infinita paciência na revisão;

a Claudinice Carla Bertotti,
por toda a orientação enquanto escrevia este livro;

a Angela Myslene Pontes e Kétleen Estéfany,
Leitoras que embarcaram nessa viagem espacial usando apenas capacetes experimentais e sem seguro de vida ;

a todos os *Lorens*,
por confiarem em mim e me presentearem com a sua história.

SUMÁRIO

INTRODUÇÃO

Quantas vezes durante a nossa vida nos deparamos com pessoas que fazem a diferença por onde passam? Aquelas cuja mera presença é capaz de nos fazer tão bem, como se irradiassem bondade?

Tais pessoas são capazes de colocar um sorriso no nosso rosto, aglomerar uma grande quantidade de amigos sempre à volta delas, mudar os rumos de uma comunidade perdida e ajudar a tornar nosso mundo melhor.

É sobre o que impulsiona essas pessoas que falaremos daqui para frente, (da minha maneira, é claro! Infelizmente, terei de revelar também como há pessoas tão más. Mas não quero destacar isso. Acredito que tudo pode ser sempre melhor, muito melhor.

Apresentarei a vocês a "alma humana", ou o que imaginei para ela: pura energia que nos é enviada durante nossos primeiros momentos de vida por seres de outro planeta, os lorens, criaturas que usam a nossa bondade como combustível para continuar a existir.

RECRUTAMENTO

Pelo corredor da estação, a luz azul de um jovem *loren* caminha a passos tímidos. Seu destino: a sala do seu futuro tutor, de quem praticamente não sabe nada, exceto que deseja demonstrar gratidão trabalhando pelos seus.

– Bem, então é você quem vou treinar? – questiona o instrutor, recebendo como resposta apenas uma contida confirmação com a cabeça. – Deixe-me ver aqui: último da sua linhagem, você pretende, por meio do trabalho de coletor, permitir a perpetuação da nossa espécie e retribuir tudo de bom que lhe foi concedido até hoje. Belas palavras. Esse é o seu objetivo com o trabalho, correto? – Mais uma vez, sem dizer uma palavra, responde afirmativamente ao entrevistador. – Não tenha medo, pequeno. Sei que minha aparência o assusta, mas posso garantir que não sou tão mau quanto pareço. – Ri em voz alta neste momento, fazendo o pequeno se encolher ainda mais.

– Meu nome é Loan, e serei o seu tutor nos próximos anos. Você tem muito que aprender, mas tempo nós teremos de sobra. Ainda me faltam bons cem anos até que eu me retire da minha função, período em que trabalharemos juntos. Nim, esse é seu nome, rapaz? – Mais uma vez esboça que vai apenas acenar com a cabeça, mas ao ver a cara de Loan franzindo-se negativamente, decide soltar a voz:

– Sim, meu nome é Nim. – O tutor sorri, o que de certa maneira dá um pouco mais de confiança ao novo aprendiz.

Na grande sala circular e com pouca iluminação, a figura do tutor, grande e de coloração vermelha, não inspira muita tranquilidade. Nim bem que se esforça para tentar parecer seguro, mas não está fácil: complicado manter a calma diante de algo tão maior que você e de aspecto tão assustador. Mesmo já tendo ouvido que ele não era de todo mau, ainda não se sentia confortável com a situação. Ao ver que o seu pupilo, apesar de já ter começado a falar, ainda parecia pronto para sair correndo a qualquer momento e visivelmente desesperado, Loan dispara:

– Já fui como você, pequeno Nim, frágil e com tom azulado. Bons e velhos tempos... Mas os quase seiscentos anos trabalhando como coletor me transformaram nisso que hoje parece assustá-lo tanto – diz tentando acalmar a situação.

Com os olhos arregalados e fixos, Nim acompanha a história, parecendo cada vez mais assustado. Ainda mais agora, com a perspectiva de se transformar em algo igual ao que via. Se o discurso era para acalmá-lo, tomou o rumo contrário.

As pernas do Nim já começam a querer tirá-lo dali, mas Loan continua:

– Tenho orgulho do que me tornei. Se hoje sou isso é porque dediquei a minha vida à perpetuação do nosso povo. A exposição contínua à energia vermelha causará isso a você. Não sofremos com todos os males que ela é capaz de gerar, mas não somos totalmente imunes.

Nim parece um pouco menos apavorado. Ao menos a parte final da explicação foi ao encontro do seu desejo de servir. Ele queria ser como Loan, para, no final, orgulhar-se de ter feito um bom trabalho, mesmo que o preço fosse a transformação em algo tão terrível. Loan continua falando sobre a sua vida e como foi a chegada dele até o Metrô.

À medida que a conversa avança, o pequeno começa a mudar a visão tenebrosa que tem do seu futuro mestre. Vê que ele é na verdade, um dos seus e sua essência está preservada, apenas com a aparência levemente diferente. "Levemente não dá para usar", pensa Nim, e corrige seu próprio pensamento: "Pesadamente diferente".

Algumas horas de divagações e risadas, e Nim e Loan já estão mais entrosados. Enfim a barreira da imagem havia sido quebrada, e Nim já não está mais propenso a fugir em disparada.

– Venha cá, pequeno, quero lhe mostrar algo – chama Loan se levantando.

Caminham lentamente até outra sala, bem mais iluminada e com uma grande esfera no centro cujo interior parece conter uma espécie de gás em constante movimento, criando formas bem interessantes.

Loan já está próximo da grande esfera, enquanto Nim ficou congelado na porta, admirando-a. Loan, com um suspiro e um olhar um pouco mais bravo, quebra o transe do pupilo e o faz correr até o seu lado.

– Preste atenção, Nim, esta é a sua primeira lição, vou lhe mostrar o motivo de tudo isso.

O gás dentro da esfera começa a girar rapidamente até tornar a esfera branca e completamente brilhante. Dentro dela agora, imagens começam a ser mostradas.

AURORA

Durante a nossa vida, se tivermos sorte, poderemos encontrar pessoas como Aurora, pessoas que parecem ter o poder de alterar o meio que as cerca. Pessoas que trazem paz aos corações aflitos e sorrisos para os rostos tristes. Pessoas que parecem inabaláveis. Dão-nos a impressão de que conseguem converter o mal em bem, e, mesmo que por puro instinto, é exatamente essa a verdade.

Essa admirável característica de Aurora já era percebida desde a sua infância. Quando pequena, já era a luz que espantava a escuridão de todos que a conheciam. E o tempo passou, só reforçando essa sua capacidade de fazer nascer o bem. Todos a queriam nos trabalhos em grupo da escola, na roda de amigos ou nas festas dos finais de semana. Nada era a mesma coisa sem a sua presença.

E ela sabia que fazia o bem às pessoas. Mesmo não seguindo a carreira acadêmica, que provavelmente seria a de assistência social, sempre se engajou em grupos cuja função era melhorar a vida dos mais necessitados da comunidade. Participava ativamente da vida religiosa. Não que ela precisasse desse tipo de força, na verdade ela era a força, e muitos a viam como algo divino. Dependendo da definição de divino, ela se encaixaria perfeitamente.

Considerando todo bem que irradiava, trouxe para dentro da sua vida outras boas pessoas. Teve um casamento feliz, muitos filhos, netos e até alguns bisnetos. Vó Aurora, como hoje é mais conhecida, ficou viúva há alguns anos, mas, mesmo com essa perda, se manteve firme. Ela nunca foi de reclamar da vida, aceitando tudo que conseguia e, principalmente, sendo muito grata a tudo isso.

Mas, também entre os mais puros, a idade começa a impor os seus limites, e Aurora está neste momento chegando ao seu limite. A imagem que se forma na grande esfera mostra uma cama de hospital, e nela repousa Aurora, vivendo seus últimos momentos. Todos aqueles que a amam, abraçados ou de mãos dadas, cercam-na e contemplam a maravilhosa pessoa que está ali diante deles, infelizmente partindo.

– Veja, Nim – fala Loan. – Esta é a base do nosso trabalho: os humanos.

O olhar espantado revela a surpresa do pequeno.

– O que poderemos obter dessas criaturas opacas? – pergunta Nim com a inocência dos mais novos.

Loan ri.

– Opacas! Só você mesmo, pequeno, para sair com uma dessas. Opacas. A energia deles não pode ser vista normalmente, mas deixe-me mostrar-lhe a mesma imagem analisando a energia nela contida.

Ajustando os controles da esfera, vê-se o quarto todo azul, tão brilhante que beira o branco. Claro que a fonte de toda essa luz era Aurora.

– Mesmo nesse lugar, Nim, um hospital, ela consegue brilhar assim – revela Loan com admiração.

– O que tem de tão ruim em um hospital? – questiona curioso o pupilo.

– Aqui, meu caro aprendiz, é onde os humanos vêm curar os seus problemas de saúde. Para seu entendimento, sem saúde eles morrem, mas não vou entrar no mérito dessa questão ainda. Então normalmente esse lugar é carregado de energia "ruim"; os humanos a sentem e por isso não gostam de ficar aqui. Só o fazem mesmo em último caso. Vamos passear um pouco pelos corredores para eu lhe mostrar.

Ao mudar a visão para o corredor, a imagem se torna imediatamente vermelha, com alguns humanos carregando dentro de si pequenos focos azuis, infinitamente mais fracos que os de Aurora, alguns até sem um foco sequer. Nim se assusta com a mudança radical e admira-se ainda mais com o poder que emana de Aurora.

– Viu, pequeno, o quão diferente é este lugar, se comparado com o quarto que lhe mostrei? É por aquela energia que nos mudamos para cá. A luz de Aurora é o nosso combustível.

Neste momento Aurora dá seu último suspiro e a paz na sala é rompida. Pontos vermelhos começam a se agitar dentro dos presentes, impedidos de crescer pela presença dela, já que a luz de Aurora os ofuscava. Loan leva o foco da esfera de volta para o quarto, e informa:

– Agora você verá a verdade por trás de tanta luz.

Do corpo já sem vida começa a sair um globo de luz, tão intensa e brilhante que parece capaz de cegar. Lentamente ele vai subindo até que, ao atingir certa distância do corpo, movimenta-se rapidamente em direção ao céu.

– Em breve ele chegará aqui, e você coletará o seu primeiro *glen*.

A mudança na cor no quarto é imediata, e os presentes começam a chorar. Não há mais a força de Aurora os estabilizando. Seus corpos irradiam um vermelho muito escuro, resultado de sentimentos tristes que brotam diante da perda. O ambiente carregado também não ajuda. Aos prantos, um a um beijam Aurora pela última vez e saem do quarto. Chocado, Nim olha para Loan, que o conforta:

– Não somos os responsáveis pela tristeza deles, pequeno, não se preocupe. Se de alguma maneira interferimos em suas vidas, é para torná-las melhores, nunca piores. E agora vamos lá, temos trabalho a fazer. – Sai em direção ao corredor, com Nim correndo logo atrás.

TELLUS

Enquanto caminhavam em direção à grande estação, Loan puxa conversa:

– Bem, pequeno Nim, quantos anos você tem?

– Acabei de completar 193.

– Ah! Meus 190 anos... Já faz tempo, e mesmo quando tinha a sua idade, já estávamos muito longe do nosso planeta. Você sabe algo sobre Tellus? – Nim move a cabeça negativamente, como se tivesse vergonha de nada saber sobre a sua terra natal. Rindo Loan o acalma:

– Nenhum *loren* vivo pisou em Tellus, não se preocupe, você não é relapso por não saber: Ainda mais após centenas de anos da partida. Vou lhe passar o que ouvi: hoje já nem se ouve mais falar no nosso planeta, parece que somos seres errantes que vivem vagando pelo espaço sem berço. Mas, pelo que me contaram, Tellus era um lugar maravilhoso, o planeta mais azul já encontrado, fruto é claro, da abundância de *modrá*, o cristal azul do qual retirávamos toda a energia necessária para nossa existência: o *hyacin*. Unindo a força presente nesses cristais e a nossa habilidade natural de manipular a energia da maneira que quisermos, criamos uma das mais poderosas civilizações já existentes.

"Nossa força parecia não ter fim, mas, à medida que o *modrá* era extraído, manchas de *cerven*, a energia ruim e vermelha abundante no universo, começaram a se acumular nas áreas devastadas. Nossos renomados manipuladores, na época, não viam perigo em algo tão comum e inofensivo à nossa raça, só que aquilo estava gerando certo desconforto. À proporção que novas áreas eram cobertas por *cerven*, mais a nossa população se retraía. Não fazia mal, mas também não era bom.

Algo precisava ser feito, mas não havia como manter os cristais de *modrá* intactos, e só eles eram capazes de bloquear o *cerven*. Criaram então os *glens*, estruturas que conseguiam acumular em seu interior energia, vermelha ou azul, em quantidades até então inimagináveis. Começaram então a remover o *cerven*, estocando toda a energia ruim no interior das pequenas esferas. Solucionaram assim o problema do *cerven* espalhado, mas com o tempo ele voltava às áreas sem *modrá*, e novas limpezas se faziam necessárias.

Descobriram então da pior maneira que a capacidade de estocagem dos *glens* era finita e que o rompimento de um globo muito concentrado podia devastar uma grande área em torno da explosão. Muitos *lorens* foram dizimados quando o depósito de *cerven* detonou, além, é claro, de espalhar toda energia vermelha novamente.

Com muito mais cuidado continuaram a acumular e estocar *cerven*. Pensaram em lançar os globos no espaço, e essa solução começou a ser empregada por um tempo. Mas era sabido que haveria destruição no ponto de impacto desses *glens*, então estávamos, na verdade, lançando bombas sem critério algum, de volta aos estoques locais.

Infelizmente, Nim, a situação saiu do controle. Com a redução cada vez maior de *modrá*, o acúmulo de *cerven* ocorria em taxas cada vez mais altas. Ficava-se mais tempo juntando *cerven* do que extraindo *modrá*. Nossa energia azul já começava a faltar, e os gigantescos estoques de cristais já estavam reduzidos a pequenas jazidas. Sem *hyacin*, nossa bela energia azul, perdemos nossa capacidade de nos desenvolver e já não conseguíamos sequer criar os *glens*. Era produzi-los ou sobreviver.

O *cerven* por fim tomou conta de tudo. As poucas jazidas de *modrá* foram corrompidas e cristais vermelhos ficaram em seu lugar. Sem alimento, começamos a definhar e, para agravar ainda mais a situação, nosso planeta começou a mostrar sinais de que iria explodir. Uma evacuação em massa era necessária. Usamos nossas últimas forças para nos lançar no espaço. Dezenas de espaçonaves lotadas de *lorens* foram enviadas em direções diferentes, e viveria apenas quem tivesse a sorte de encontrar *hyacin*. Infelizmente, temo que a maioria não tenha encontrado.

Já quase sem energia, uma das nossas naves viu esse pequeno planeta azul. Para frustração deles não havia um nó sequer de *modrá*, e o azul era fruto de outras características atmosféricas. Enquanto retornavam da exploração, viram em uma estrutura primitiva um ritual acontecendo. Invisíveis, ficaram observando a enorme quantidade de *hyacin* gerada ali. Era o nascimento de um humano e, como em um passe de mágica, todo *cerven* era puxado para o pequeno ser e imediatamente o transformava em *hyacin*. O azul brilhante tomava conta do ambiente.

Os humanos comemoravam e nossos antigos cientistas, perplexos, voltaram para a nave e começaram a estudar os humanos."

Tão ou mais perplexo estava Nim, já dando os últimos passos para chegar à estação.

– Bem, pequeno, depois eu continuo. Temos um *glen* chegando e que precisa de nossa atenção.

ALTIOREN

Chegam enfim à estação central, um lugar gigantesco onde há filas intermináveis de *glens* entrando em grandes vagões e locomotivas que partem como raios em diversas direções. Uma cena realmente espetacular.

Não é à toa que Loan falou que já fomos uma poderosa civilização. "Poderosos ainda somos; falta-nos é energia, literalmente", pensa Nim. "Tudo aqui irradia muita luz, é tudo muito azul, os trens parecem feitos de cristal azul, translúcidos e tão brilhantes. É possível ver os *glens* organizando-se dentro dos vagões.".

– Aqui, pequeno! – grita Loan. – A qualquer momento o 73 irá chegar. Não se preocupe; ele virá na sua direção. Foi orientado a fazer isso. Esse é um dos mais antigos *glens* do qual tenho conhecimento e um dos mais extraordinários também. Venho o acompanhando por centenas de anos e sei bem do que estou falando. Teremos tempo para essa conversa em outra hora.

Neste momento uma nova leva de *glens* chega da terra e não há como não notar o 73. Mesmo neste ambiente de tanto brilho, ele se destaca muito dos demais.

Nim admira a beleza da sua primeira coleta. Quando o *glen* saiu da formação e veio em sua direção, todos os olhares se voltam para ele. Começa a ficar com medo e tem a impressão de ter feito algo errado. Todos os coletores fixam o olhar nele, que tenta disfarçar o medo, alternando o olhar entre o 73, Loan e o chão. Mas nada faz mudar a perplexidade gerada pelo evento, a chegada do mais conhecido *glen* desta civilização. Um orgulho único para os poucos que o manipularam.

Loan começa a rir da expressão de Nim.

– Calma, pequeno, você não fez nada de errado. Neste momento, todos que o olham gostariam de estar no seu lugar, de poder ser o responsável por encaminhar o 73, de ser o seu coletor.

O medo se transforma em orgulho tão logo o pequeno ouve essas palavras. E um mais forte Nim está com sua primeira coleta a seu lado e aguarda então as instruções do mestre.

– Sinto lhe informar, Nim, mas seu tempo hoje junto ao 73 será curto. A viagem, apesar de rápida, os desgasta. Encaminhe-o para o metrô que vai para Altioren, nossa última estação, o lugar para onde pouquíssimos *glens* até hoje foram encaminhados, lugar onde apenas a mais pura energia é usada para tentar melhorar a vida no planeta Terra. Lembra-se de que comentei que interferíamos às vezes? Fazemos isso usando os mais poderosos *glens* que temos à disposição, e o seu está no topo desta lista.

Com um movimento de cabeça, Loan aponta para onde ele devia levar a sua coleta. Orgulhoso, caminha entre os demais, e o 73 o segue. Na porta do vagão informado, separam-se e o trem, que já era brilhante, agora mal dá para ser visto. Um sol azul nasce dentro dele. Como um flash partiu para o seu destino, fazendo a vida voltar ao normal na estação.

– Quando for possível, levo você até lá, Nim. Há várias lições que terei que lhe ensinar. Altioren é muito importante para nós, tão importante quanto o próprio metrô. E, por falar em ensinar, acho que chega de informação por agora. Não quero sobrecarregá-lo. Amanhã no mesmo horário volte a minha sala. Tenho muita coisa para lhe transmitir até que você fique por aqui sozinho.

Despedem-se e Nim segue seu caminho pensando neste dia, provavelmente um dos mais importantes de sua existência. Aprendeu um pouco da sua própria história e de sua futura e última função. Sentiu-se um *loren* de sorte por tem Loan como seu tutor, pois, além de um ótimo professor, era o responsável pelo *glen* mais importante desta era. À medida que se afasta, observa as levas de *glens* que chegam sem parar. São tantos *glens* vermelhos e tão poucos os com alguma energia azul que realmente algo como o 73 tinha que chamar a atenção.

Continua o seu caminho, observado de longe por um Loan grato por ter ganhado um bom pupilo. Meio distraído, é verdade, mas é tudo uma questão de tempo, afinal, ainda é novo e tem muito a aprender. Será um bom coletor certamente.

Confiante no sucesso do seu sucessor, Loan volta à sala da grande esfera. Ele precisa estar sempre informado de como anda o seu setor. A aula de hoje fez com que deixasse essa função de lado, e "um bom coletor não deixa de vigiar o seu setor nunca!", pensou. "O *cerven* não pode ser espalhar. O mal não pode se espalhar."

PRISMÁRIO

Mal consegui descansar. Não vejo a hora de me levantar e seguir para o novo trabalho. Será que vou poder ver os opacos, digo, os humanos novamente? Que são opacos é verdade, mas parecem ser bons. Pensando em tudo que aprendi na noite anterior, apresso o passo e, no horário marcado, chego à sala de Loan. Mas ele não está.

Estranho sua ausência, mas decido aguardá-lo. Passa muito do horário marcado e começo a ficar impaciente. Já não paro sentado, andando de um lado para o outro, pensando no que pode ter acontecido com meu mestre. Vejo algo brilhando sobre mesa e decido inspecionar de perto a tal luz.

Deparo com duas placas de cristal. Uma parece bem gasta; a outra, bem nova. É a que emite o brilho que chama minha atenção. Curioso como sou, pego uma das placas, a mais velha: assim, em caso de quebrá-la acredito que a bronca será menor. Sou surpreendido com a voz de Loan falando direto com a minha mente:

– Se você está ouvindo isso, pequeno, é porque acertei em apostar em sua curiosidade. Isso que está em suas mãos é um prismário, uma maneira que nós, *lorens*, utilizamos para armazenar nossas memórias, algo muito útil em caso de consultas futuras. Nesse prisma há as lembranças de tudo que passei desde quando iniciei minha jornada no metrô.O novo prismário é seu, e, após obter minhas memórias, salve -as como achar melhor. Para ativar o seu prismário, basta segurá-lo e relembrar o que você gostaria de salvar. Quando tiver concluído o seu retrospecto, ele já estará salvo. Para ler as minhas anotações, segure o meu prismário com firmeza e ordene a ele que as mostre, como se estivesse pedindo mentalmente a alguém. Isso vale também para outros comandos, como avançar, retroceder, parar.

E a voz em minha cabeça continua:

– Tive uns contratempos e precisei sair às pressas para resolvê-los. Volto o mais rápido que puder. Quando eu retornar, esclareço o que você não tiver entendido. Vou lhe passar três tópicos para você pesquisar no meu prismário: princípio da conversão, extração e, o mais importante, emoções humanas. Peço-lhe que não mexa em nada na sala da esfera. Ela executa bem mais coisas do que lhe mostrei. Algumas ainda muito perigosas para você, meu pequeno aprendiz. Você vai aprender tudo no devido tempo. Já sei que é muito curioso, o que de certa forma é algo muito bom. Melhor a curiosidade do que a apatia. Mas, por segurança, não vá lá.

E a voz de Loan se cala em minha mente. Confesso que agora estou em dúvida. É para eu ir ou não? Se ele sabe da minha curiosidade, a ponto de montar uma armadilha com os prismas, por que me avisaria tantas vezes para eu não ir à sala? Tenho a nítida impressão de que devo ir até lá. Mas vou pensar um pouco melhor. Antes preciso vasculhar memórias. Talvez até encontre algo sobre a esfera aqui; essa, sim, é uma boa ideia.

Seguro firme o prismário de Loan e penso: "Mostre-me tudo que é possível se realizar com a esfera". Nada acontece. Será que ele apagou suas memórias sobre isso? Neste momento, sinto minhas mãos tremendo. O cristal se agita e começa a brilhar, com muitas imagens invadindo a minha mente.

Não consigo focar em nada; é muita informação. Começo a sentir muita dor. Não estou conseguindo fazer isso parar e, como que atingido por uma explosão, sou arremessado contra a parede. Caio inconsciente.

Acordo já no meu quarto. Os prismários estão próximos a mim e minha cabeça dói muito. Alcanço o meu prismário e penso na primeira coisa que eu gostaria de salvar: "nunca lhe peça que mostre toda a informação de uma coisa que você não conhece; o resultado pode doer, e doer muito". Recoloco-o sobre a mesa e volto a deitar. Não vou conseguir estudar agora; preciso voltar ao normal primeiro.

Passadas algumas horas sinto-me quase normal novamente. Tenho a impressão de que minha cabeça foi inflada e esvaziada com rapidez, ficando meio flácida. Olho meu reflexo e constato que visualmente parece normal. Menos mal, não sou um *loren* de cabeça flácida, já posso começar a estudar.

Pego o prismário de Loan e imagino: "mostre-me pausadamente e com muito cuidado informações sobre o princípio da conversão".

O cristal brilha e começa a tremer. Fecho instintivamente os olhos, já esperando a dor que vai me lançar contra a parede. As vibrações do cristal param e lentamente abro os olhos. Não vejo mais o meu quarto; estou ao lado dos primeiros *lorens* que chegaram à Terra, vendo o nascimento de um humano.

PRISMÁRIO DO LOAN – CONVERSÃO

Assusto-me com o que vejo e demoro um tempo para entender que aquilo está apenas em minha mente. Peço ao prismário que pare e estou no meu quarto sentado novamente. Interessante... são apenas as memórias de Loan, mas na verdade não são memórias dele; ele as salvou após vê-las a partir de outro prismário. Loan não é tão velho assim a ponto de estar nessa expedição. Tudo parece tão primitivo, bem diferente da visão que tive do hospital.

Peço ao prismário que continue a mostrar os princípios da conversão e volto a ver a cena do nascimento do humano. O dono da visão acompanha atentamente o nascimento e traz consigo um *glen* carregado de *cerven*. Posiciona-o próximo aos humanos, que se entreolham como se estranhassem algo. São acometidos por desconforto; o ambiente fica repentinamente pesado para eles neste momento.

Um humano vai até uma janela, como se estivesse desconfiado de alguém espionando. Não vê nada de anormal e volta para perto do outro humano que grita sem parar. "Isso deve doer", penso. O *loren* afasta um pouco o *glen*, na esperança de aliviar a tensão provocada, e novos olhares demonstrando estranheza são lançados no ambiente.

Mas a agitação do momento faz os humanos focarem no que está para acontecer: o nascimento de outro de sua espécie. Os gritos do humano deitado já estão me deixando louco. Será que isso é sempre assim ou há algo de errado? Os demais *lorens* presentes parecem não se incomodar, como se já tivessem visto a cena outras vezes. Vou tentar pensar que isso é o normal. Que ele grita sempre, sei lá, mas a impressão que tenho é a de que ele está se dilacerando.

E no meio de todo aquele barulho, um filhote de humano começa a sair do ser que grita. Isso deve doer muito mesmo. Será que eles não poderiam aumentar um pouco o tamanho daquela saída? Já vi que, em matéria de evolução, esses opacos estão bem atrasados. Dura essa tarefa deles de perpetuarem a sua espécie. Pobre humano gritante. Por fim o serzinho sai completamente, ainda preso por um fio, mas está fora, para alívio do humano deitado, e para iniciar a conversão.

Tão logo os humanos têm seu filhote nos braços, todo *cerven* presente na sala começa a ser puxado para dentro dele, inclusive o que estava concentrado no *glen*. Os humanos grandes brilham muito, o menor concentra ainda mais *hyacin*, parecendo uma pequena estrela que nasceu. Depois de todo sofrimento, eles parecem muito felizes agora. Também, com todo esse *hyacin*, até eu estou contente.

Os *lorens* balançam a cabeça negativamente, como se mais uma tentativa de obter *hyacin* tivesse dado errado. E foi exatamente o que aconteceu.

Ficam apenas com um *glen* vazio. Toda energia estava dentro dos humanos. E agora? Como retirá-la dali? Pensam em Tellus e em como removiam o *cerven* que surgia. Simplesmente ordenavam ao *glen* que acumulasse toda energia que estivesse ao seu redor, e assim o fizeram.

O mais puro *hyacin* começa a ser drenado pelo *glen*. Os corpos dos humanos maiores se tornam vermelhos, e há luz azul ainda apenas saindo do menorzinho. Eles começam a se comportar de maneira estranha, olham-se com raiva, como se não fossem mais os mesmos. Transtornados, largam o filhote e começam a lutar, como se quisessem se matar um ao outro. Não foi difícil para o maior matar o ser gritante, a essa altura tão debilitado. Por fim, mata o filhote e sai da casa quebrando tudo que vê pela frente.

Os *lorens* parecem em choque. Eles conseguiram enfim converter *cerven* em *hyacin*, mas o preço foi alto demais. Mais estudos serão necessários para entender os efeitos dessas energias sobre os humanos, que não são imunes à energia vermelha do *cerven* como nós. Se essa for a única maneira de obter *hyacin*, teremos de sair deste planeta ou iremos extinguir a vida aqui em pouco tempo.

E, ainda perplexo com a cena que acabei de presenciar, peço ao prismário que pare. Preciso de um tempo para continuar.

PRISMÁRIO DO LOAN – CONVERSÃO [2]

Recuperado da péssima experiência anterior, decido voltar aos estudos. "Prismário, continue mostrando sobre os princípios da conversão", penso, enquanto seguro firme o artefato. Estou junto dos *lorens* em nossa nave, onde estudam outras maneiras de efetuar a conversão sem que haja dano aos humanos. Descartada a possibilidade de coleta externa do recurso, começam a cogitar implantar os *glens* nos humanos.

– Não sabemos como eles se comportarão – afirma um deles.

– Mas temos que tentar – retruca outro.

– Vamos inserir o *glen* cheio ou vazio? – questiona um terceiro.

E assim permanecem por muito tempo, pensando nos prós e contras de cada possibilidade. Infelizmente tudo muito teórico e sem embasamento, pois não sabem praticamente nada sobre os humanos. Só que eles gostam da presença do *hyacin* e se transformam na presença do *cerven.*

Depois de muita discussão, decidem introduzir um *glen* carregado com *cerven* em um filhote pouco antes do seu nascimento. Considerando que rapidamente após o nascimento ocorra a conversão, tal carga não será prejudicial. E então, de posse do *glen*, partem da nave em busca de outro ritual em andamento, o que não se revelará difícil de encontrar. A agitação anormal de *hyacin* aponta possíveis locais.

Encontram enfim um ser gritante já começando a sua agonia, amparado por outros dois, e cuidadosamente posicionam o *glen* no interior do filhote humano. O *glen* parece se moldar ao formato do corpo do serzinho, transformando-o em uma figura vermelha aos nossos olhos. Pouco tempo depois, parece que o pequeno já não se move mais.

O humano gritante entra em desespero, sente muita dor neste momento; até esse ponto, sem novidades. Já sabia que o ritual era assim mesmo. Mas o filhote sai sem vida. O *glen* se desprendeu do pequeno e agora preenche todo o corpo da matriz, que, ao ver que não havia vida em seu filhote, é tomada por uma raiva incontrolável. O processo havia se invertido: todo *hyacin* presente na sala estava sendo drenado por ela e convertido em *cerven* dentro do *glen*.

A concentração de *cerven*, que já era alta, agora está absurdamente maior. O humano se debate sem parar, e os outros presentes tentam contê-lo, gerando ainda mais desespero e aumentando ainda mais a carga de *cerven* dentro do *glen*, até que por fim o humano gritante morre, e dele sobe um *glen* com ainda mais *cerven* do que haviam trazido. Frustrados, pegam o *glen* e voltam para a nave, deixando para trás mais mortos.

Chegam a mais um impasse. Qual carga eles suportam? Precisamos introduzir *cerven* para converter; agora, no entanto, como descobrir o quanto podemos depositar? O cenário não era nada bom e eles sabiam que estariam arriscando outras vidas com suas experiências. Até que um sugere introduzir um *glen* vazio e ver como o corpo reage. E se o problema for o próprio *glen*? Não haverá dose correta que será suportada afinal.

A imagem do prismário muda para eles chegando a um outro ritual, trazendo um *glen* vazio.

Repetem a introdução pouco antes da conclusão. O pequeno continua se movendo, e o ser gritante começa a fazer a sua parte. Algum tempo depois nasce o filhote, vivo e aparentemente normal. Começa a conversão, com todo *cerven* transformado em *hyacin*. Os humanos brilham, o pequeno brilha, mas o *glen* não recebeu energia alguma. Se transformou apenas em uma membrana que reveste energeticamente o pequeno.

Acompanharam durante dias a evolução do filhote sem nenhuma surpresa desagradável. Ao menos eles não têm nenhum tipo de reação ao *glen*, menos mal. Mas sem *cerven* não há conversão. Uma dose limite precisaria ser encontrada; um novo desafio, novos estudos são feitos. Acompanham nos demais humanos qual a concentração de *cerven* do ambiente ainda os mantém sob controle.

Já sabem que, se a concentração for muito alta, eles morrem. Então, após muito procurar, encontram humanos de certa maneira estáveis dentro do *cerven*. Essa será a dose testada em uma próxima experiência.

PRISMÁRIO DO LOAN – EXTRAÇÃO

Decido descansar um pouco. Essas duas experiências já me consumiram o dia todo. Vou parar por hoje, e continuarei meus estudos amanhã. Assim, durante o meu descanso, fico relembrando as cenas tristes que vi. "Como eles conseguem converter tanta energia tão rapidamente?" Isso ainda é um mistério para mim. Recordo-me então do último nascimento, de toda aquela energia, toda aquela alegria, toda aquela vida. Se ao menos conseguíssemos um pouco de *hyacin* sem prejudicá-los. E sob esse pensamento adormeço.

Após despertar, preparo-me para mais viagens prismárias. Peço que continue de onde parei e sou informado de que não há mais memórias registradas com conversão, a próxima já contempla a extração. Informo que prossiga, já que essa era a próxima pesquisa mesmo. Agora estamos indo em busca de outro ritual, mas desta vez com uma carga bem menor de *cerven* no *glen*. Encontramos um e espero que desta vez não dê nada errado. Há uns dez humanos acompanhando esse evento, fora o que já está deitado começando a gritar. Será praticamente uma guerra se as coisas aqui saírem do controle.

Com todo cuidado, o *glen* é inserido no pequeno e o ritual se intensifica. Todos os *lorens* estão paralisados acompanhando com atenção as reações do filhote, agora já com um tom vermelho. Ele se move; então, até aqui tudo bem. Sob os gritos cada vez mais fortes da geradora, o pequeno sai. Conversão iniciada. Rapidamente todo *cerven* da sala é drenado e convertido em *hyacin*. Onze humanos brilhando para uma pequena estrela. Realmente uma cena emocionante. Nada de *cerven*, sem problemas, só alegria. Os *lorens* também comemoram.

O *glen* agora possui *hyacin* na mesma proporção injetada de *cerven*, talvez um pouco mais, mas isso só poderá ser confirmado com a extração. Então se perguntam: "Como extrair o *glen*?". Ele não está solto, parece fazer parte do corpo do pequeno agora. Após tomar a forma do humano, parece que perdemos o controle sobre ele. Removê-lo nos dá a impressão de que vamos tirar a vida junto.

Decidem deixar assim e acompanhar. Quem sabe daqui a um tempo ele não se desprenda e volte a ser algo controlável. Mas parece que voltou-se à estaca zero. Continuam a não converter *cerven* em *hyacin*. Continuamos sem energia. E a esta altura até *glens* já não temos disponíveis para outras experiências. Criar *glens* usa muito *hyacin*; precisamos cuidar muito da nossa reserva atual, pensam os coletores. Um novo impasse nasce: arriscar a pouca energia em novas experiências, ou sobreviver.

A imagem do prismário é cortada, mostrando vários dias à frente. Na cena, um *loren*, o responsável por essas memórias, observa calmamente o pequeno nos braços do humano gerador. É difícil para ele sair dali, um lugar com tanta energia boa em volta, um lugar onde estão todas as esperanças de viver do nosso povo. Tão perto e ao mesmo tempo tão longe.

Anoitece, e os humanos dormem sob o olhar zeloso do *loren*, que a esta altura também já está se preparando para sair. Até que ele nota o pequeno se agitar, parecendo sufocado. Sem saber o que fazer, tenta em vão de alguma maneira acordar o humano gritante. Mas suas mãos atravessam seu próprio corpo nesta tentativa. Somos energia pura, não conseguimos interagir com eles. Desesperado, vê os últimos momentos do pequeno até que ele morre. Neste instante o *glen* se desprende. Um misto de surpresa e frustração invade nosso *loren*. Uma preciosa carga de *hyacin* foi coletada; ele olha pela última vez para o filhote já sem vida e lhe agradece.

Chega com o *glen* brilhante à nave e todos pulam de alegria, exceto ele, que está cabisbaixo. Sem entender, os demais perguntam o que ele fez para desprendê-lo. Ele revela que não fez nada, mas que agora sabe o segredo:

– Para desprender o *glen*, o humano precisa morrer.

A alegria desaparece do rosto dos *lorens*. Mas começam a pensar: "Se tivermos *glens* suficientes, poderemos espalhar por uma grande região e não seremos os responsáveis pelas mortes, mas apenas conseguiremos um pouco de *hyacin* assim que eles deixarem de viver".

Com a carga recebida geram vários *glens* e os espalham em futuros filhotes de humanos. Tentam colocar em adultos, mas eles não reagem bem. Foi só introduzir e ele partir para cima de outro para agredi-lo. Só não tivemos consequências mais graves porque ele foi contido. Precisamos efetuar a conversão da carga de *cerven* no nascimento, ou teremos problemas. É nesse momento que acontece a maior taxa de conversão, e os pequenos não representam perigo para os maiores, enquanto estão sendo gerados.

O prismário para e me informa:

– Memória sobre extração concluída.

Recoloco-o sobre a mesa e fico pensando em Aurora. O 73 foi liberado após a sua morte e entendo também por que ele parte rapidamente, pois, se ficar, será convertido novamente em *cerven*. As coisas começam a fazer mais sentido. Ao menos não vivemos matando os humanos, embora não dê para dizer que não aguardamos as suas mortes. Não me sinto bem com isso; queria ter orgulho do meu trabalho. Mas agora sei que cada *glen* que coletarei terá deixado um corpo sem vida na Terra. Não há motivo para comemoração. Decido não estudar mais por hoje. Vou para a estação a fim de refletir um pouco.

REFLEXÕES

Chego à grande estação e fico em um canto sem chamar muito a atenção. Não quero atrapalhar a agitada rotina do lugar. Levas de *glens* chegam sem parar, a grande maioria vermelha, puro *cerven*. Uns com tons do roxo mostrando uma mistura de azul e vermelho. Poucos, bem poucos, azulados. "As coisas não estão fáceis lá embaixo, não", penso eu.

Tenho a impressão de que, assim como aconteceu com Tellus, o *cerven* está tomando conta de tudo por lá. Fico imaginando grupos de humanos lutando até a morte, pois só algo assim para justificar tanto vermelho, tão pouca vida, tão pouca alegria. De uma maneira estranha, isso está me fazendo mal. Será que sofro os efeitos do *cer-*

ven assim como os humanos? Que sintomas eu devo esperar sentir?

Loan, depois de tanto tempo coletando *glens*, ficou daquele jeito. Ele deve ser realmente muito velho, porque a maioria dos coletores ainda é azul como eu. São todos novos? Parando para pensar um pouco, nunca vi outro coletor parecido com meu mestre. Talvez em uma estação mais avançada, não sei devo descobrir isso em breve. Quem sabe na visita a Altioren.

Fico me perguntando onde está Loan; às vezes penso que ele não vai mais voltar. Um pressentimento, talvez, uma sensação ruim me invade quando penso nisso. "Esse *cerven* deve estar..." Ah! Deixa para lá. Devo só estar impressionado com o que vi durante as aulas de conversão. Sou um *loren*, não tememos os efeitos do *cerven*, só não gostamos dele porque é inútil, além de poder destruir nosso precioso *hyacin*.

Levas e mais levas de *glens* vermelhos chegam sem parar. Muitos simplesmente nem são encaminhados para os vagões. Uma vez verificado se o nível de *cerven* está aceitável, voltam à Terra para preencher algum filhote em formação. Ao menos é o que parece. O *glen* que contém alguma energia boa é encaminhado para as estações mais altas. Os muito vermelhos também têm sua locomotiva própria, devem ser tratados em algum lugar. Altioren, eu sei que não é.

A estrutura que leva os *glens* "estáveis" de volta à Terra chama minha atenção. Ela fica em um andar inferior e decido vê-la mais de perto. Sem estardalhaço e tentando me comportar como um coletor local, vou até lá. Os outros mal me notam, ocupados separando suas coletas. Desço uma grande rampa e estou no piso inferior. Uma abertura me permite ver a Terra, aproximo-me e encontro um dispositivo que parece usado para dar uma melhor visão do planeta.

Curioso, meto a cara nele. Então consigo ver os *glens* que são enviados e os que retornam. Uma coluna vermelha desce sem parar, enquanto outra possui mais cores, todas variantes da combinação entre vermelho e azul. Infelizmente, constato que o vermelho também predomina. Às vezes pontos azuis se destacam na corrente de *glens*, mas são raros, muito raros. Imagino o espetáculo que foi o 73 subindo... deveria parecer um sol azul canalizado.

Como uma grande esteira, é assim que extraímos nossa energia hoje. Lançamos *glens* com *cerven* e aguardamos que retornem com um pouco de *hyacin*. Sou amador na função, mas acho que nossa matriz de energia está estagnada. Será que ainda conseguiremos *hyacin* suficiente? Mas quem sou eu para questionar isso? Um novato qualquer que acabou de chegar? Certamente eles sabem bem melhor do que eu o que estão fazendo. Mas que isso está vermelho demais está. Vou voltar para meu quarto e descansar. Amanhã será o dia de explorar o que Loan chamou de emoções humanas.

PRISMÁRIO DO LOAN – EMOÇÕES

Após uma merecida noite de descanso, estou pronto para a última pesquisa solicitada por Loan: as emoções humanas. E é isso que peço ao prismário enquanto o seguro firme. Desta vez não viajei para lugar algum, apenas ouvindo Loan falando diretamente dentro da minha cabeça:

– Chegou então à última parte, pequeno aprendiz. Se você não pulou nenhuma etapa, deve estar bem informado agora sobre a origem da nossa extração. Certamente passou por algumas experiências desagradáveis, mas necessárias. Precisava sentir o problema, as complicações do processo e seus riscos.

Mas falarei então sobre emoções, ou, se preferir, sentimentos, uma complicada explosão de reações dos humanos. Esteja preparado, porque não faz sentido algum. Se há algo que aprendi ao longo desses 586 anos, foi a não querer entender os humanos. Se nem eles conseguem, não seremos nós que os vamos entendê-lo.

Vou começar falando do mais forte de todos os sentimentos: o amor. Os nomes são estranhos mesmo, mas é o modo como eles definem as emoções. Há vários tipos de amor. O mais forte você já viu, o amor entre a mãe e o filho. Melhor chamar de 'mãe' do que de 'ser gritante', ao menos é mais curto". "Filho em vez de filhote também ajuda", penso, enquanto tento não perder as palavras do prismário em minha mente.

– Aliás – continua Loan -, aqui você vai se deparar com algumas palavras novas ao seu vocabulário, mas utilizadas pelos humanos para se referirem às coisas que os cercam, sejam materiais, sejam referentes aos seus sentimentos; mas vamos discorrer mais um pouco sobre as emoções.

"Não encontramos nada mais forte do que o amor para converter *cerven* em *hyacin.* Infelizmente existe o ódio, sentimento antagônico, porém de mesma intensidade e natureza, que converte *hyacin* em *cerven*. Há muitas outras emoções que podemos chamar de positivas, mas existem as negativas na mesma proporção ou até em maior número.

Posso destacar ainda como emoções positivas as que nascem da alegria, da amizade, além de outras formas de amor. Você terá tempo para ver cada uma delas. A alegria você já conhece; ela estava misturada com o amor naquele nascimento com sucesso a que você assistiu, aquele em que havia dez humanos. A alegria os faz irradiarem *hyacin* por onde passam. Em contrapartida, a tristeza drena *hyacin* do ambiente. A alegria os expande; a tristeza os faz definhar.

Você também já foi devidamente apresentado ao ódio, aquela experiência em que o pai matou a mãe e o filho. Aquela conversão desastrosa."

"Pai. Gostaria de ter uma recordação melhor desta palavra", reflito um pouco, enquanto relembro o incidente. "Já vi outros bons, mas aquele me marcou. Mãe, pai e filho. Irei gravar isso depois." E a Voz de Loan continua a narrativa:

– O amor entre pai e filho também é muito forte, mas a intensidade do amor materno consegue ser um pouco maior. Deve ter origem no fato de ela ficar tão próxima ao filho durante toda a gestação, que dura nove meses. Ressalto que, como tudo no universo, há exceções. Acredite: há pais que amam seus filhos mais do que as mães, e há mães e pais que odeiam seus filhos. Eles são bem complicados.

"Entre os humanos também há reações baseadas no amor, e são elas que culminam com o nascimento de um filho. Normalmente são relações entre homens e mulheres".

"Existem outros seres que não vi ainda? Mulheres se transformarão em mães, homens em pais. Ufa! Não há mais seres envolvidos", penso divagando um pouco, mas a voz de Loan ainda não parou:

– Há tipos de amor que não viram relação. A esse amor, eles chamam de amizade. Uma forte fonte de conversão, tem boa intensidade e costuma durar muito mais e ser mais estável. Também há o amor mais explosivo de que temos conhecimento, o qual os humanos chamam de paixão. Grandes picos de conversão, mas muito instável. A conversão pode se inverter muito facilmente.

"Bem, pequeno Nim, você já deve ter notado que as emoções humanas são muito variadas e tão complicadas quanto eles. Na verdade eles não existem sem seus sentimentos, então não devemos separá-los. Os humanos são emoção pura, e são essas emoções que têm o poder de conversão: quanto mais forte e positiva mais *hyacin*; se for negativa, mais *cerven*.

Agora salve suas memórias, pegue o meu prismário e venha me encontrar na minha sala. Essas memórias não estão gravadas nele, pois estou transmitindo diretamente a você através dele, segredos do ofício". – Ouço a risada de Loan em voz alta. – Esses dias de folga foram muito bons, mas agora temos muito que fazer. – Nova gargalhada para meu completo e total espanto.

PRINCÍPIO

Salvei as memórias e parti para encontrar meu mestre. Esse tempo todo ele estava descansando? Os tais contratempos eram mentira? Ele poderia ter dito que precisava descansar e me explicado pessoalmente como funcionava o prismário. Ao menos eu não teria voado contra uma parede. Apesar de um pouco frustrado, não via a hora de revê-lo, tinha muitas perguntas a fazer.

E lá estava a grande figura vermelha aguardando-me.

– Estou feliz em reencontrá-lo, nobre aprendiz. Ao menos é o que você pensa, que estou voltando. Na verdade nunca saí daqui, apenas você não me via. Esses dias foram um teste, precisava saber como você se comportaria caso, por um motivo real, eu me ausentasse. Devo lhe dar os parabéns, seu comportamento foi exemplar. Tirando o voo, tudo correu bem – diz a figura imensa e vermelha de Loan em voz alta, fazendo-me franzir o cenho. – De certa forma até isso foi bom; mais uma lição, não é mesmo? – fala rindo sem parar.

Entrego-lhe minha catapulta, quer dizer, meu prismário, e disparo a primeira pergunta:

– Afinal era para eu ir ou não à sala da esfera? Suas insistentes advertências me deixaram em dúvida.

Enquanto analisa algo em meu prismário, Loan responde:

– Nim, quando minha intenção for instigar a sua curiosidade, eu não colocarei barreiras, não criarei regras, não o advertirei. Quando eu disser que não é para fazer algo, entenda isso como uma ordem e não o faça. Temo que, se a pergunta ao prismário tivesse sido menos desastrosa, a essa altura meu discurso seria outro, estou correto? – Sentindo-me um pouco culpado, confirmo com a cabeça. – Mas além de você, mais nada se esborrachou aqui; então está tudo certo. – Novas risadas.

Parando de rir, pergunta:

– Você deve ter perguntas para fazer, não é mesmo? Viu muita coisa nesses últimos dias.

– Loan, uma coisa me chamou a atenção depois de tudo que vi. Como conseguimos montar uma estação tão grandiosa com as migalhas que retiramos da Terra? Parece-me tão pouco *hyacin* voltando. Posso estar errado, mas aquilo talvez mal dê para nos sustentar, quanto mais mover nossos gigantescos trens.

Com certo temor na expressão, Loan concorda comigo:

– Uma bela análise Nim. Orgulho-me cada vez mais de tê-lo como aprendiz. Você está certo; mesmo com o metrô em operação há séculos, fica difícil manter o fluxo. Tudo era mais fácil no início, há mais ou menos 2300 anos.

"Após a descoberta da maneira correta de extrair *hyacin* por meio de conversão, nossos primeiros coletores se apressaram em fazer muitos *glens* e os colocaram nos filhos dos humanos que estavam prestes a nascer. Para surpresa deles, o retorno acontecia muito rápido, os humanos eram menos desenvolvidos e muitos pequenos morriam.

Chegaram a parar um tempo a extração por achar que estavam interferindo e apenas acompanharam os nascimentos. Comprovaram que realmente a taxa de mortalidade era alta. Prosseguiram com as coletas, então. Prosperamos rapidamente, sobretudo após a ativação da central, onde hoje é a estação.

A primeira central era bem mais simples, apenas o andar debaixo da atual. Somente retiravam o *hyacin*, preenchiam com *cerven* e devolviam à Terra. Não havia outros critérios, assim, se vinha sem *hyacin* já voltava para a Terra. A visão do fluxo de *glens* era bem diferente; em vez dos pontos isolados de azul que hoje se vê, havia pontos espalhados de vermelho.

E quando o processo ficou todo automático, continuamos prosperando em uma escala jamais imaginada nem na nossa era dourada do *modrá* em Tellus. O resultado: a estação espacial, uma nova geração de *lorens* que não teriam a menor chance de existir na situação atual. Hoje, como você notou, se não fossem as nossas abundantes reservas, estaríamos coletando apenas para sobreviver.

O tempo foi passando, os humanos evoluíram em alguns aspectos e regrediram em outros. Morriam menos crianças, um ponto positivo. Viviam mais tempo, outro ponto positivo. Tornaram-se cada vez mais egoístas, um ponto negativo. Brigas sem fim entre grandes nações, outro ponto negativo. E com isso o fluxo azul foi se tornando roxo, e o roxo tornando-se vermelho.

E foi a partir dessa mudança de cenário na Terra que se ergueu a estação com os trens. Algo precisava ser feito para tentar ajudá-los e, em contrapartida, nos ajudar. Criamos estações, ou níveis, para interagir com eles, guiá-los de certa forma, tentar de alguma maneira levá-los para o lado do bem.

Cada uma das nossas estações tem acesso a um grupo de humanos: quanto melhor o humano, mais alta é a estação. Altioren hoje se liga diretamente com poucos. Poucos são tão puros a ponto de conseguirmos uma conexão direta, mas, como nível supremo, temos acesso a todos os demais níveis e, por consequência, a todos os humanos. É de lá que as operações de tentar melhorar a Terra são comandadas. Vamos, pequeno, vou levá-lo a Altioren" – diz Loan enquanto se dirige à porta.

LIGAÇÕES

Caminhamos devagar até a estação central. Loan está quieto, como se estivesse preocupado com algo. Eu decido não fazer outras perguntas sobre as memórias, o momento não parece bom. A agitação é a costumeira: levas de *glens* vermelhos chegando e sendo encaminhados, poucos azuis e a chegada de um já é motivo de comemoração.

Sigo Loan até o trem para Altioren; já sei qual é, foi para onde encaminhei o 73. Agora entendo a reação dos coletores daqui quando recebi Aurora. Foi realmente um evento único. Se um azul já é raro, imagina um com aquela força! Realmente comecei muito bem, ou muito mal, não sei. Pode ser desanimador passar o resto da minha carreira no vermelho, literalmente.

Mas não é a hora de pensar nisso. A locomotiva chega e entramos em seu brilhante vagão; acomodamo-nos e a viagem se inicia. A altíssima velocidade me prende ao banco, mas aos poucos os efeitos vão diminuindo e consigo me mover mais livremente. As outras estações passam como flashes, sem tempo para ver algo. Parece que vi um coletor do tamanho do Loan, mas não dá para ter certeza, já que foi só um borrão vermelho.

A velocidade enfim diminui e começo a ver algo: uma grande estação, completamente vazia. As portas se abrem e Loan sai do vagão comigo em seu encalço. Sua expressão preocupada me silencia. Não sei o que o perturba, mas ele mudou quando disse que estaríamos vindo para cá. Passamos por baixo de um belo conjunto de arcos cristalinos e posso sentir o *hyacin* dando vida a este lugar.

Chegamos enfim a um grande corredor, ainda deserto, com várias portas fechadas. Ouvimos apenas os nossos passos, lançando um ar de mistério no ar. Lá no meio do corredor, ainda distante, uma das portas está aberta, e a luz que sai de lá me lembra de algo, Aurora: será que me encontrarei com o 73?

Decido quebrar o silêncio e pergunto se há algo errado, pois a situação já havia durado tempo demais. Após suspirar profundamente, Loan me olha e diz:

– Espero que sim, espero que sim, pequeno. Vamos dizer que da última vez que estive aqui as coisas não caminharam bem. Tivemos uma grande confusão; explico-lhe melhor em outra ocasião.

Chegamos à porta e uma grande sala aparece, alguns *glens* repletos de *hyacin* e aquele que havia sido encaminhado por mim, radiante como sempre. Loan sorri ao ver o 73; ele deve sentir orgulho de poder tê-lo coletado tantas vezes. A sombra que cobria o seu rosto se dissipa. "*Hyacin* sempre faz bem", penso.

Há um grupo de *lorens* conversando próximos a pequenas esferas dispostas lado a lado, como miniaturas daquela que Loan me mostrou. Eles são tão grandes quanto meu mestre, mas completamente azuis. Parecem não ter gostado muito da visita, parando de conversar quando entramos, olhando-nos e, em seguida, voltando a conversar. Não nos deram importância alguma. Será que isso tem a ver com a tal confusão?

Loan anda para o lado oposto aos *lorens* na sala, onde há outro grupo de esferas. Passo ao lado do 73 e ele parece me reconhecer, gira acompanhando meu movimento. Meu mestre toca em outro *glen* e ele entende que deve segui-lo. Chegamos a uma das miniesferas, (mini se comparada com a de Loan, é claro), e ele posiciona o *glen* em uma espécie de suporte que parece um prato um pouco mais alto do chão.

– Vou lhe mostrar uma das coisas que podemos fazer a partir daqui, Nim.

Tocando a esfera, faz surgir a imagem de um hospital onde um pai segura a mão de seu filho deitado. O ambiente está intensamente carregado de *cerven*, talvez pela tristeza daquele pai em ver seu filho sem saúde. Acho que é isso que os mantém vivos: saúde. O cenário não é nada bom e não ajuda em nada na recuperação. O pai irradia algum *hyacin*, mas o ambiente o destrói; ele mesmo não acredita que tenha força para mudar algo.

Loan toca no *glen* sobre o suporte e cria-se uma ligação entre ele e o pai desesperado. Puro *hyacin* começa a ser injetado no pai, cujas forças se renovam. Ele enxuga as lágrimas e passa a acreditar na melhora do filho. Sua energia agora é mais forte que o *cerven* presente no quarto, e o amor do pai pelo filho começa a converter o ambiente em uma bela sala azul. O filho recebe toda aquela energia e, como por milagre, acorda chamando pelo pai.

A energia atinge seu ápice, e então a ligação entre Loan e o pai é desfeita. O pai abraça o filho, gesto que faz a sala brilhar ainda mais; sua força já começa a invadir os corredores, espalhando *hyacin* por todos os lados. A vida está de volta, o bem está de volta. Loan então desliga a esfera.

COMPLICAÇÕES

Loan retira o *glen* da plataforma e segue para a porta. Somos acompanhados pelos olhares disfarçados dos outros *lorens* da sala, os manipuladores, responsáveis pelas interações com os humanos, cada vez menos frequentes.

– Pequeno, você consegue imaginar as complicações do que acabamos de fazer? – pergunta Loan. Tento ver algo negativo no fato de um pai ter salvado o seu filho após receber uma dose de energia, mas nada encontro. Respondo que não. Loan continua: – Como você acha que ficou o nível de energia no *glen* agora? Maior que o inicial, concorda? É aí que está o problema: o nível de energia que pode ser acumulado.

"Quando se trata de pessoas boas, parece ser algo seguro, mas, dada a instabilidade dos sentimentos humanos, essas intervenções podem ter consequências desastrosas. Imagine que, devido a um fator, ou vários fatores, o tal pai transforme toda a sua energia em *cerven*. Sabemos o quanto eles podem ficar zangados, não é mesmo? E tenho de lhe dizer que isso já aconteceu diversas vezes. Humanos exemplares transformam-se em monstros em poucos segundos, cometendo atrocidades até então inimagináveis.

Mas não podemos apenas ficar de braços cruzados enquanto vemos humanos bons sofrendo. Algo precisa ser feito, como sempre defendi, não apenas pensando em nossa reserva de energia, mas pensando neles. Bem ou mal, são eles que nos mantêm vivos até hoje. Têm seus defeitos, sim têm, mas uma coisa não justifica a outra; não podemos abandoná-los à própria sorte como hoje está acontecendo".

Estamos saindo do corredor e chegando à estação onde aguardamos a chegada da locomotiva. Loan continua:

– Vou lhe mostrar como era isso aqui antes.

Acomodamo-nos na locomotiva que acabou de parar e rapidamente descemos até a estação central. Loan vai até sua sala, pega seu prismário e segue para a sala da esfera.

– Sente-se aqui – diz ele apontando para um banco. Deposita seu prismário no suporte, assim como fez com o *glen* em Altioren, executa algumas ações na esfera e senta-se ao meu lado. Um feixe de luz sai do prisma em direção à esfera. Desta, outros dois feixes se dividem: um em minha direção, outro na direção de Loan. A sala começa a girar rapidamente, e tão logo consigo focar minha visão, estou em Altioren novamente, centenas de anos atrás, pouco depois da sua construção.

Mas essa visão é diferente, eu não estou preso ao responsável pela memória, posso andar livremente pelo lugar, e ao meu lado está Loan. Ele olha orgulhoso para o que chama de verdadeira Altioren. Muitos *glens* azuis saem das locomotivas, passam pelos arcos brilhantes e seguem pelos corredores. Todas as portas estão abertas, e eles se distribuem entre elas. Dentro das salas, muitos manipuladores ocupam todas as esferas, distribuindo *hyacin* para todos aqueles que precisam de energia boa, que precisam de ajuda. Trabalham para melhorar o mundo. Assim era Altioren.

– Fazíamos a diferença, Nim; fazíamos a diferença!

O tempo passa e as incursões vão diminuindo. A imagem parece acelerar agora, como se décadas passassem em segundos, e eu, a partir do corredor, vejo tudo mudar. O fluxo de *glens* diminui. Aos poucos as portas das salas vão se fechando, até que resta apenas uma aberta, que é a nossa situação atual.

– Deixaram de acreditar nos humanos, foi isso que aconteceu, Nim – diz Loan enquanto se levanta já na sala da esfera. – Começaram a achar que devíamos deixar que se destruíssem, se é isso que tanto buscam. Como temos energia suficiente para mais uns mil anos, decidiram aguardar sem interferir, quem sabe esperando uma grande revolução que os faça rever seus valores e, assim, voltem a viver em paz. Sou contra isso, e foi por essa causa que minha outra visita a Altioren terminou em confusão. Não sou um manipulador, como você bem sabe, mas meus muitos anos de trabalho na estação me permitiram aprender essa atividade também. Se Altioren, que tem acesso a tudo, já está deserta, imagine as outras sete estações? Eu trabalhava na primeira estação, até a confusão. Puro *cerven* chega ali. Os *glens* mais carregados são separados e esvaziados no grande reservatório. Os que têm uma carga muito acima do normal são enviados para os modeladores analisarem e avaliarem se algo está errado, o que pode ter possibilitado um aumento no nível de armazenamento. Foi nesse lugar que passei a maior parte da minha existência, e posso lhe afirmar que não somos tão imunes ao *cerven* quanto imaginávamos. Vou lhe contar o que aconteceu, (a tal confusão), e você vai entender.

CONFUSÃO

– Aconteceu pouco antes do seu primeiro dia aqui. Era uma manhã normal e eu estava na estação um, transportando levas de *glens* carregados para o reservatório como de costume. Quando retornei a minha sala, vi que um dos meus bons humanos, que são tão raros a ponto de quase sabermos o nome de cada um, estava passando por dificuldades. Eu corria o risco de perdê-lo prematuramente. Sua saúde não ia bem e sua energia boa já estava quase no fim. Sem saúde e carregado de *cerven*, a morte é uma questão de tempo.

"Corri para Altioren. Infelizmente a conexão tinha de ser feita por lá e, como já falei, tratava-se de um bom humano, desses bem raros, por quem vale a pena lutar. Ao chegar ao corredor, encontrei próximos aos arcos alguns manipuladores que haviam recém-encerrado suas atividades e lacrado suas portas, o que me impediria de executar a ligação. Pedi a algum deles que reabrisse a sala que eu mesmo iria manipular. Recebi olhares de indiferença, como que se perguntando 'o que esse coletor quer aqui?', e me informaram que eles não abririam mais e que voltasse no dia seguinte.

Eu não podia esperar. Uma boa pessoa estava prestes a morrer! O tempo corria contra nós. Tentei contra-argumentar, mas eles me deram as costas e seguiram em direção à locomotiva que acabava de parar. Quando vi aquela cena deles simplesmente me ignorando, me tratando como os humanos mais arrogantes o fazem, algo cresceu dentro de mim. Senti que meu habitual brilho vermelho havia aumentado muito! Minha luz chamou a atenção do grupo, que me olhou assustado.

Parti para cima deles e arrastei um até uma das portas. A força com que o lancei contra o marco o fez desmaiar. Os outros vieram auxiliá-lo, mas ninguém tinha coragem de me tocar. Ordenei então que um deles abrisse a porta ou iriam ter o mesmo destino do desacordado. Perplexos, abriram. Juntaram o inconsciente e fugiram dali. Entrei na sala e executei a ligação. O humano foi salvo, e eu, aos poucos, fui retornando ao meu estado normal.

Não tive muito tempo para pensar no que havia acontecido. Eu senti raiva! Já desconfiava que isso estivesse acontecendo, houvesse se manifestado outras vezes, porém em intensidade menor, é claro. Eu não era mais neutro frente às situações. Já era capaz de reconhecer traços de bondade em alguns *lorens*, traços de arrogância, traços humanos. Somos naturalmente neutros, não somos bons nem maus, mas o contato com o *cerven* me modificou. Só se sabe o que é o bem quando se conhece o mal. É tudo uma questão de referência. E agora eu tinha. Referência.

Quando saí da sala, um grande grupo de *lorens* já me aguardava. Atrás deles pude ver os manipuladores assustados apontando para mim. Pediram-me que os seguisse até o grande conselho. Queriam falar comigo, queriam explicações do ocorrido. Mais calmo, segui todos até o salão, onde um grupo dos mais antigos e sábios *lorens* estava me esperando. Então pediram-me que eu falasse sobre o que tinha acontecido.

Contei detalhadamente o ocorrido, mesmo sabendo que jamais seria compreendido. Eles não sabem o que é um *loren* com raiva; eles não sabem como é um *loren* com algum sentimento, isso é novo para eles. Logo depois que terminei, falaram que eu deveria buscar um substituto, que eu não deveria mais trabalhar na estação um, que eu poderia continuar mantendo o meu setor com ligações se necessário, mas que essa fosse a minha única atividade na estação. Nada mais de manipular *cerven*, é claro, até que outro assumisse.

Posso lhe afirmar que aquelas palavras me magoaram. Passei minha vida inteira ali, coletando, controlando, vivendo da estação, sendo parte dela e tudo estava acabado. Com um ato de raiva, coloquei toda uma vida a perder. Passei a entender mais os humanos, a entender mais as suas frustrações. Cheguei à conclusão de que somos afetados pelas duas energias, tanto a boa quanto a ruim. Vejo hoje que os manipuladores de Altioren se tornaram arrogantes. Eles, sem saber, se consideram melhores que os demais. Como se o fato de lidar somente com o puro os purificasse também... Tolos!

E após tudo isso você chegou, meu substituto, aquele que em breve assumirá o meu lugar. Tenho muito tempo para lhe repassar tudo que sei e espero fazer isso da melhor maneira possível. Não descontarei em você as minhas próprias frustrações. Você é um bom *loren*, posso lhe assegurar. Mesmo que você ainda não saiba, você é bom".

Continuamos a conversa por horas a fio, com Loan me transmitindo com riqueza de detalhes como era a vida aqui.

– Amanhã, Nim, se me permitirem, você vai ver a estação vermelha, a estação um.

RUBEUM

A visita foi autorizada e, na manhã do dia seguinte, partimos em direção à estação um, Rubeum, a estação vermelha, como se costuma chamar. Encontro Loan já na estação central, parecendo ansioso e ao mesmo tempo angustiado com a situação. Vamos até a plataforma do trem roxo, cujos vagões estão castigados por longos anos transportando apenas *cerven*. O ambiente no vagão é pesado, mas Loan não parece se importar, talvez nem sinta mais esse peso, já deve estar acostumado.

Com a velocidade de sempre o trem parte. A viagem é curta, então nem sequer consigo me mover no banco. A estação vermelha, realmente bem diferente da estação central e de Altioren, é bem agitada, *cerven* realmente não está em falta. Vejo que todos aqui são como Loan, alguns até maiores, todos vermelhos. O clima pesado de tanto *cerven* acumulado só aumenta à medida que saímos do vagão.

Loan cumprimenta velhos conhecidos e me leva para conhecer o depósito de *cerven*, a rota mais realizada aqui dentro ao longo de toda a sua vida, do vagão para o reservatório em um vaivém sem fim. Acompanhamos uma fila de *glens* vermelhos. "Pobres humanos", penso eu. Ao chegar ao tanque gigante, os *glens* transferem sua energia para esferas coletoras conectadas ao tanque que armazenará o *cerven*. Fico pensando na quantidade de energia acumulada e recordo o que acontecerá se isso aqui explodir, a nossa estação será simplesmente desintegrada.

Loan vai me explicando como tudo funciona, os processos de separação dos *glens*, o envio deles para os modeladores e a capacidade atual do tanque. Pergunto o que vão fazer quando não tivermos mais onde armazenar, e ele me informa que um novo tanque já está sendo providenciado, pois o atual já está quase atingindo a capacidade máxima. Mais trabalho para os construtores.

Após me explicar tudo que farei ali, em um futuro próximo, acredito, voltamos para a sala de

Loan, com ele pensativo em todo o trajeto. Não sei o que pensa; talvez sinta falta de sua rotina diária, pois não deve ser fácil ser bloqueado assim. Após estar acomodado em sua sala, dispara:

– Nim, o que você sabe sobre a sua criação?

– Sei o que me passaram, Loan, que somos forjados pelos moldadores e ganhamos nossa consciência após sermos tocados pelo *Tchiraula*, o soprador branco. Isso é tudo que sei.

– É basicamente isso mesmo, somos forjados com o mais puro *hyacin* e de tempos em tempos levados à presença de *Tchiraula*, que nos dá a vida através do seu sopro. Algo muito bonito de ser visto, único e fruto de uma grande concentração de *hyacin*. Cada uma das naves que abandonou Tellus saiu com um *Tchiraula*, porque, se fosse encontrado *hyacin*, precisariam se multiplicar. A criação de um único *Tchiraula* demanda uma quantidade absurda de *hyacin*, disponibilizado por um longo tempo. Anos são necessários para que um *loren* se torne um *Tchiraula*, muitos anos. Então não poderiam se arriscar a gerar *Tchiraulas* somente quando encontrassem energia, que poderia não ser suficiente e a extinção seria decretada.

“Somos modelados inicialmente bem pequenos porque, à medida que absorvemos energia, vamos crescendo. Como você pode notar, apenas os expostos a quantidades excessivas de energia atingem o meu tamanho, ou o tamanho dos manipuladores da estação oito. As estações intermediárias contam com coletores pouco maiores que você. O altíssimo nível de energia em Rubeum e Altioren nos deforma. Infelizmente.

Contam nossos registros que nossa origem se deve ao impacto de um meteoro sobre Tellus. Inicialmente nosso planeta azul possuía *modrá* apenas no subterrâneo. O impacto abriu uma cratera e expôs uma grande quantidade do nosso cristal, e nessa enorme cratera azul, por muitos anos, o *hyacin* se concentrou até que atingiu a quantidade necessária para que o primeiro *Tchiraula* fosse criado. A energia concentrada a níveis extremos ganhou consciência e, a partir desse evento, novos *lorens* foram gerados, uma raça nova e poderosa começou a se erguer: os manipuladores de energia.

E é assim que até hoje geramos novos sopradores brancos, mantendo um *loren* exposto ao mais puro *hyacin* em quantidades gigantescas por um longo tempo, longos anos. Essa exposição os energiza a ponto de transformar o azul em branco no seu último estágio de evolução, e, junto com a nova cor, o novo poder, o de soprar, o que poderíamos chamar de vida, nos nossos moldes, é claro.

Todos nasceram modeladores natos, mas acabamos adquirindo outras especializações, como os construtores, os coletores, os manipuladores. E é sobre isso que vamos conversar amanhã, pequeno aprendiz, sobre os modeladores. Tenha um bom descanso, Nim, e até amanhã.

MODELADORES

Um novo dia de aprendizado nasce, e no horário de sempre estou na sala de Loan aguardando-o. Ele se atrasa um pouco, e disse que tentou autorização, sem sucesso, para ir à sala dos modeladores de *lorens*. O povo ainda tem receio da reação explosivas dele, eu acho. Não iriam arriscar ter um desequilibrado tão próximo de um *Tchiraula*, um risco desnecessário.

– Você pode esperar um pouco mais por essa visita. Quem sabe até um dia fazê-la sozinho, por segurança – diz Loan.

Sem visitas, o jeito foi usar as memórias do prismário, utilizando a esfera como projetor. É praticamente uma visita, porém sem interação, é claro.

Prismário no lugar, feixes de luz, rotações e bem-vindos à sala dos modeladores de *lorens*. Seriam as nossas mães se tivéssemos sexo, ou pais, não sei. Tudo parece muito mágico, surreal até, eu diria sobre a maneira como eles removem dos *glens* o *hyacin*, comandando aquela névoa azul conforme desejam. Eu nunca pensei ser capaz de fazer isso, e é o que sou, um manipulador de energia.

Concentrados, vão tecendo um novo *loren*, como se fosse possível esculpir fumaça. Aos poucos vão ganhando formas, membros vão surgindo, corpos se definindo, até que uma miniatura minha está pronta, inerte como se estivesse cristalizada, reluzente como tudo que tem *hyacin* puro. Enfileirados, aguardam o dia do sopro, o dia de ganhar vida. Essa é a nossa base, os modeladores.

As demais especialidades na verdade são complementos desta. Os construtores são modeladores que aprenderam a construir usando materiais energizados. Partículas cósmicas, por exemplo: eles as aglutinam de forma a criar estruturas sólidas como a nossa estação, nossos trens. Tudo que temos hoje nasceu a partir da nossa espaçonave. Quando começaram a coletar *hyacin* da Terra, iniciaram as construções e aos poucos grandes hastes foram criadas ao redor da nave, as quais ganhavam piso, dos pisos erguiam-se paredes e sala por sala desta enorme estrutura foi sendo construída.

Os manipuladores são os responsáveis pela interação com os humanos, enviando-lhes energia através de nossas esferas de conexão. Acham-se superiores, como já bem disse Loan. Muita pureza e um falso poder. No final da lista estão os mais simples, os coletores, que de coletores só herdaram o nome, pois já não coletamos mais minerais como no passado. Apenas guiamos os *glens*, e, portanto, somos mais recepcionistas do que coletores. E assim nossa cadeia de divisões está completa.

Dizem que, se fosse necessário, poderíamos reativar a nave e deslocar nossa estação espacial daqui. Não consigo ver isso acontecendo, mas nunca duvide da capacidade de um *loren*. Os humanos não nos veem porque manipulamos a luz ao nosso redor. Somos invisíveis, e é bom que continuemos assim. Já sei o que tentariam fazer se nos vissem: iriam querer nos atacar.

Enquanto caminhamos por entre os modeladores, o brilho de uma sala anexa me chama a atenção. Pergunto a Loan o que é esse lugar, ele não explica, mas diz que eu estou livre para ir ver. Com a curiosidade me instigando quase a ponto de eu mudar de cor, lanço-me em direção à sala. Vejo um grande tanque, em cujas paredes tubos parecem derramar *hyacin* puro na estrutura, e no centro dela o maior *loren* que eu já vi, branco e brilhante, um *Tchiraula*.

Se eu já me assustei quando conheci Loan, imagine a minha expressão ao ver um *loren* dez vezes maior, vinte vezes! Trinta! Sei lá... É monstruoso! Fico paralisado enquanto Loan se aproxima:

– Você já deve saber de quem se trata, não é mesmo?

Apenas movo a cabeça afirmando. Imagino um *Tchiraula* vermelho e a ideia me apavora só de pensar. Certamente não seria vida o que o seu sopro traria. Ando de costas em direção à saída, como que temendo uma conversão, ou seja, que o branco virasse vermelho. Loan ri e me acompanha de volta à sala dos modeladores.

Já na falsa segurança da sala inicial, pergunto se Loan já manipulou energia assim, se já criou algo, se sabe como fazer. Ele responde que não, pois, apesar de ser uma habilidade natural da nossa raça, realizá-la com segurança requer muita prática, completando que é muito fácil para mãos inábeis deixar o *hyacin* se espalhar e perdê-lo, como ele mesmo já pôde ver acontecer com outros *lorens*. Imagino como seria modelar alguém. O que essa criatura seria minha? Filho?

Meu transe é quebrado com o fim da viagem pelo prisma. Estamos de volta à sala da esfera, onde sou informado que por hoje já é o suficiente. Loan me pede que eu salve minhas memórias e que volte amanhã.

– Está na hora de você trabalhar de verdade, pequeno. Já sabe tudo o que é preciso saber. Vou repassando o que julgar importante à medida que você for avançando no trabalho.

Despeço-me e decido passar na estação a fim de me preparar para o dia de amanhã, já que ainda é cedo. Enquanto estou no corredor, já avistando o movimento de chegada dos *glens*, ouço uma explosão seguida de muita correria. Uma porta de trem passa voando em direção à rampa. Uma névoa vermelha e densa cobre toda a estação. Não consigo ver mais nada, mas continuo andando na direção dos trens. Quando enfim saio do corredor, o *cerven* na minha frente começa a criar forma e, por trás daquela fumaça, uma figura gigantesca principia a aparecer.

O INCIDENTE

Saindo da fumaça vermelha, um dos companheiros de trabalho de Loan vem na minha direção. Seu olhar me lembra de alguém, aquele humano possuído pelo *cerven* que matou que seu próprio filho. Tão logo ele me avista, corre até mim. Eu não sei o que fazer! Estou paralisado. Quando se aproxima o suficiente para me golpear, fecho os olhos e espero meu fim.

– Abaixe-se! – grita alguém atrás de mim. Encolho-me e Loan passa voando atingindo o outro *loren* e iniciando uma luta.

Nunca havia visto *lorens* brigando, ainda mais dois tão grandes. Parecem humanos: possuídos pela raiva. O que eu fiz para ser atacado? Entram pelo corredor adentro brigando, passam ao meu lado e eu ali, paralisado, quase sendo pisoteado por eles. Assim que se afastam um pouco, Loan grita:

– Fuja, Nim!

Adentrar o corredor já não parece uma boa opção. O *loren* raivoso me fita tão logo ameaço correr nessa direção. Corro então para a estação, onde a essa altura outros vermelhos espancam os pobres coletores azuis daqui.

Quebram tudo à sua frente. Vejo uma das locomotivas virada já sem a porta, que agora está no andar inferior da estação. Não sei aonde ir! Eles lutam muito próximos aos trens! Não me arriscarei ir para lá. Corro rumo à rampa e fico aqui, torcendo para tudo isto acabar. Os coletores menores são um a um dizimados, as mortes seguidas por pequenas explosões de puro *hyacin* , e eles se desfazem no ar.

Mais *lorens* azuis chegam à estação para tentar conter a rebelião, mas eles não estão acostumados com isso, pois nunca tivemos um grupo para esse tipo de ação, nunca brigamos antes. Não há como conter isto, é um lado passivo contra um lado com muita raiva. Um sabe muito bem o que fazer, enquanto o outro nem sequer tem ideia. E assim, mais e mais explosões de puro *hyacin* vão acontecendo, e os gigantes vermelhos destruindo tudo e todos. Absolutamente incansáveis.

Lembro-me de Loan e penso em voltar para ajudá-lo, mas como? Servindo de alvo? Não sei o que fazer, mas não me agrada a ideia de ficar aqui encolhido esperando ser encontrado e explodido. Corro na direção onde vi Loan pela última vez e torço para que toda essa fumaça vermelha esteja me escondendo. Se for visto, será certamente o meu fim. Chego ao corredor e ouço o som deles brigando no fundo. Já estão perto da sala da esfera; Loan parece bem machucado, e infelizmente o outro parece intacto.

Meu mestre está usando as suas últimas forças, quando vejo que o outro *loren* se prepara para dar um golpe que talvez ponha um fim à luta. Sem pensar, grito, na tentativa de chamar atenção e evitar o pior:

– Aqui!

Funciona. Mas e agora? Qual seu próximo movimento grande, Nim? Você conseguiu a atenção que queria e agora ele parte como um trem em sua direção. Reajo da minha maneira peculiar: paralisado. Minhas pernas parecem coladas ao chão e começo a pensar em quão bela será a minha explosão.

Loan, ao me ver em perigo, começa a brilhar fortemente. Seu ódio drena todo *cerven* próximo, mas ele não é puro ódio. Acontece que se sente responsável por mim, só quer o meu bem, e isso começa a se manifestar. Em um misto de antipatia e amizade, Loan começa a emitir uma luz roxa, convertendo *cerven* em *hyacin,* e o brilho chama a atenção do outro *loren*, que suspende a investida e se vira para ver o que está acontecendo nas suas costas, momento em que é atingido por uma locomotiva roxa que o atira contra a parede, fazendo-o perder os sentidos.

Após Loan constatar que está tudo bem comigo, corre na direção da estação para ajudar os outros, mas não sem antes ordenar que eu me proteja e que saia de toda esta confusão. Respondo que, assim que minhas pernas desgrudarem do chão, farei exatamente isso. Vejo-o sumir no meio da fumaça vermelha e tento readquirir meus movimentos. Quando enfim minhas pernas parecem querer me tirar dali, meu desacordado “amigo” fica de pé. Só me dou conta disso ao ver sua sombra começar a me cobrir. Sem olhar para trás e novamente em posse dos meus movimentos, corro em direção à estação. É minha única saída.

O chão treme atrás de mim com as passadas do *loren* gigante, mas não me atrevo a virar. Chego à estação, vejo Loan lutando contra os outros, a situação não parece nada boa para ele. Desço a rampa, e a mão do *loren* agressor passa a centímetros de mim. “Essa foi por quase!”, penso eu; vou acabar ficando encurralado aqui, não há para onde fugir. Uma fila de *glens* entra um a um no dispositivo de envio, e essa parece ser minha única saída. Sem pensar, entro no canhão de *glens* e sou arremessado para fora da estação. Estou indo em direção à Terra.

RENASCIMENTO

Como um meteoro sigo meu caminho rumo à Terra. Aos poucos o planeta azul começa a se agigantar embaixo de mim, e poucos segundos após meu lançamento rompo sua atmosfera. Vejo nuvens, vejo uma superfície azul gigantesca, vejo uma vasta área verde. Passo muito rápido por tudo e chego ao chão. Sinto meu corpo se comprimir, e tudo fica escuro.

Ouço vozes, não entendo o que dizem; em certos momentos estou parado, em outros momentos sou tão fortemente sacudido que chego a ficar tonto. Tento sair, mas algo me prende, não consigo romper essa membrana. Não me sinto bem aqui, deve haver muito *cerven* por perto.Se ao menos eu soubesse onde estou. Cansado, desisto de lutar. Vou aguardar para ver o que acontecerá. Depois de toda a agitação, adormeço.

Enquanto isso, na estação, um grupo de modeladores conseguiu controlar a situação. Trouxeram *glens* vazios e removeram todo *cerven* que havia se espalhado. Concluída essa etapa, lançaram *hyacin* em toda a estação central. Imersos agora em bons fluidos, os *lorens* gigantes começam a voltar a si. Reagem como se não soubessem o que havia acontecido, chocados com o estrago feito por eles. Quase sem vida, Loan agoniza em um canto.

Os modeladores pedem para levar o corpo de Loan até a sala da criação. O *Tchiraula* quer intervir. Não quer perdê-lo, afinal, seus atos de bravura ecoaram por toda estação, seus sentimentos fizeram a diferença, salvou tantos quanto pôde; não o deixarão morrer assim. E nos braços dos antigos companheiros de trabalho ele cruza a estação sob os olhares de todos os demais *lorens*.

Em silêncio, o grupo chega até a sala do soprador. Arrependidos, os *lorens* vermelhos pedem punição. Não se consideram dignos de continuar vivos. O *Tchiraula* lhes ordena que se retirem; irá tratar deles depois. Quando está sozinho em sua sala, ele sai do seu tanque de *hyacin*, lentamente vem até o quase sem vida Loan e o sopra mais uma vez. "Levante-se,

Loan, precisamos de você"; esse é o som que ecoa agora dentro da sua mente.

Seu corpo brilha, a força do soprador começa a se manifestar a partir do centro do grande *loren* vermelho. Uma forte luz azul se propaga em direção à suas extremidades. Então, a força de Loan é restaurada, sua forma é restaurada. O brilho atinge o máximo e neste momento seu corpo sai do chão, flutua em frente ao grande criador. Os olhos se abrem. Com um grito e estirando todos os membros, espalha seu *cerven* por toda a sala com uma grande explosão vermelha. Cai de joelhos em frente ao seu salvador.

Permanece na mesma posição até que é tocado pelo *Tchiraula.* Ouve de novo a voz em sua mente: "Levante-se, Loan. É bom ter você conosco novamente. Sua bravura não será esquecida". E no lugar do cansado coletor vermelho, agora há um iluminado *loren* azul, brilhando como nenhum outro, de volta à vida. Ele se olha como se não entendesse o que acabou de acontecer: havia sido purificado.

Os outros coletores vermelhos são convidados a entrar na sala e, atendendo ao pedido do soprador, um a um vão mergulhando no tanque repleto de *hyacin*, cada qual gerando uma explosão de *cerven.* Os modeladores rapidamente o manipulam e enviamno para *glens* vazios que estão na sala. Vão passando um por um pelo processo de troca de energia, do mais venenoso *cerven* para o mais puro *hyacin*.

– Fomos tolos e negligentes com vocês. Vocês não são culpados pelo rompante que há pouco quase destruiu a estação central. Era uma ameaça já anunciada, mas tornava-se mais confortável fingir que estava tudo bem. Mudaremos o regime de coleta de *cerven*, ninguém ficará exposto novamente por tanto tempo quanto vocês ficaram. Que isso nos sirva de lição.

"A partir de hoje, todos vocês serão manipuladores. Loan, você comandará este grupo e todos os demais. Nossa missão de resgatar o lado bom da Terra está sendo reativada. Chega de omissão, chega de conformismo."

– Onde está Nim? – pergunta Loan, mas ninguém sabe responder.

Provavelmente foi eliminado na confusão. O peito de Loan fica vermelho e volta a se tornar azul. Lembra-se de seu último ato de coragem salvando Nim. A dor da perda vai acompanhá-lo por muito tempo ainda. Mas o momento é de reconstrução; há muito trabalho a ser feito.

TERRÁQUEO

Um pouco mais consciente de tudo que havia acontecido, Nim já imagina onde esteja: dentro de um filhote humano, que é o seu *glen*, ainda que um *glen* carregado de *hyacin*. Ainda não sente aquele amor que converte tudo ao seu redor. Eles não devem saber ainda que vão ter um filho, ou será que ele foi "premiado" com humanos que não amam os seus filhos?

Em parte, Nim está certo. Ele agora vive dentro do bebê ainda não revelado de Berta, a jovem esposa de Carlos, casal que vive em Novo Horizonte, a periferia da periferia de uma grande cidade. A situação aqui anda muito complicada. Desempregados, mal têm o que comer. A pouca renda do casal é proveniente da venda de papelão que Carlos coleta diariamente. Berta realiza uns bicos quando consegue, mas nada que faça muita diferença.

Um enjoo persistente incomoda Berta; ela sabe o que isso pode ser, mas não quer acreditar. Exames são feitos e o resultado não é negativo. Chega à sua humilde casa cabisbaixa, pensando o que será da criança nessa situação. Olha incrédula para o resultado em sua mão, e fica parada até anoitecer. A porta se abre, Carlos chega, ela começa a chorar.

Sem dizer uma palavra, coloca nas mãos do esposo o resultado, acreditando que uma explosão de raiva vá irromper, de certa forma até justificada. Se já não havia comida para dois, imaginem para três. Ele olha para o exame, olha para ela e uma lágrima lhe escorre pelo rosto. Envolve-a em seus braços e fala que tudo vai ficar bem, que eles são jovens e farão o que estiver ao seu alcance para cuidar do filho.

Toca a barriga da esposa que soluça sem parar e a conversão se inicia. Toda aquela tristeza na qual estão envoltos é drenada para dentro do seu bebê e convertida em *hyacin*. Neste momento, Nim sente seu corpo eletrizado como jamais sentira antes. Está assustado com tanta energia. Percebe dentro de si a dimensão do amor dos pais pelo filho e entende, enfim, o poder desta conversão.

Toda a energia que agora emana da criança enche os pais de planos e expectativas. A cada dia eles se sentem mais motivados pela busca de uma vida melhor. Não há mais reclamações, trabalham muito e felizes. Carlos volta a estudar, quer um trabalho melhor; faz isso por seu filho, faz isso por sua esposa, faz isso por sua família.

Envolta na bênção da maternidade, Berta começa a cuidar de outras crianças na comunidade. O dinheiro não é muito, mas fome não passam mais. Sob a energia de Nim, as crianças cuidadas por Berta crescem saudáveis e se tornam cada vez melhores. Mesmo os mais rebeldes voltam amáveis para suas casas, motivo de muita admiração na vizinhança. Essa mãe realmente sabe como cuidar das crianças.

E assim os dias vão passando. Nim já pode se alongar um pouco. O bebê cresce rápido e, em poucos meses, ele voltará a ver a luz; em poucos meses, ele será um terráqueo. As palavras de seus pais já não soam tão estranhas, algumas coisas já fazem sentido. Quando estão os três juntos, sente toda a energia do amor invadi-lo e retribui, irradiando esse amor por todo o ambiente.

Enquanto isso, na estação, a nova equipe de recém-graduados manipuladores está trabalhando como nunca, espalhando *hyacin* para todos os bons humanos que estejam passando por dificuldades. Infelizmente a presença de Nim ainda não foi detectada. Essa nova equipe de *lorens* liderada por Loan, engajada agora na nobre causa de ajudar os humanos necessitados, ainda não interagiu o suficiente com seus protegidos para entender e captar seus sentimentos. Para eles, Carlos e Berta são apenas mais um casal que terá um bebê, irradiando toda a energia que lhes é peculiar.

Loan não esquece seu pupilo. Até hoje, ouve sua voz gritando: "Aqui!" quando o salvou da fúria do *loren* raivoso. Até hoje fica triste quando vê algumas das suas memórias no prismário. Até hoje ri quando ouve a primeira gravação de Nim: "Nunca peça para mostrar toda a informação de uma coisa que você não conhece...".

– É isso aí, meu pequeno, nunca peça... Nunca peça… – murmura Loan.

PRINCÍPIO DA NEUTRALIDADE

Com a nova equipe de manipuladores e a reativação de todas as estações, o volume de *glens* enviados para análise aumentou muito. Com isso, os modeladores enfim constataram o que já há algum tempo se desconfiava, ou seja, de que as repetidas idas e vindas à Terra haviam lhes removido o seu principio básico: a neutralidade. Todo *glen*, quando gerado, tinha a mesma capacidade de armazenar *cerven* ou *hyacin*, mas, com o decorrer do tempo e a exposição prolongada às mais variadas emoções, os *glens* sofreram alguma mutação.

Testes realizados mostravam que muitos *glens* tinham reduzido sua capacidade de armazenar um tipo de energia, enquanto permitiam acumular mais do que o normal da outra. Assim havia *glens* que conseguiam acumular muito mais *cerven* que o injetado inicialmente. Em alguns casos extremos nem sequer armazenavam *hyacin* novamente. Pareciam blindados, não permitiam a entrada da energia boa, independente das emoções que os cercavam. Isso deixou a todos muito apreensivos.

Desde quando se está enviando *glens* defeituosos para a Terra? Esses *glens* podem, ao longo do tempo, ter corrompido muitos humanos. Não havia sentimento bom que os fizesse melhorar. Eram puro *cerven*, sempre. Já se sabia que as emoções, de alguma maneira, mudavam os *glens*, mas imaginava-se que era apenas comportamental e não que estivessem ganhando vida própria. De alguma maneira eles já não eram mais apenas receptáculos de energia. Reagiam de maneiras diferentes aos sons, à luz, à agitação. Algo dos humanos vinha gravado neles, e ao longo de tantos anos subindo e descendo, tais características foram se intensificando.

Havia *glens* potencialmente bons; Aurora era um exemplo. Mas sempre se admitiu o fato de o acúmulo de energia estar diretamente ligado às intervenções dos manipuladores. Apenas em parte isso era verdade. Com o tempo, a capacidade de acumular energia se ampliava mais e mais. Algo positivo, quando *hyacin* era acumulado; algo trágico, quando acontecia com *cerven*. Não havia intervenção direta para os potencialmente "ruins", pois os *glens* que retornavam vermelhos somente tinham suas cargas de *cerven* estabilizadas a um nível que não levasse os humanos às raias da loucura e eram devolvidos à Terra. Deveria haver uma outra explicação para os totalmente carregados com *cerven* que iam para Rubeum.

E por falar em Rubeum, uma grande equipe foi montada para trabalhar lá. Ninguém trabalhava mais de um dia consecutivo. A exposição ao *cerven* era monitorada e fazia-se um rodízio entre os *lorens* para garantir isso. Não podiam arriscar gerar mais um evento como o que acontecera há alguns meses. E depois de toda confusão corrigida, descobriram o estopim da situação.

Um vazamento no tanque, que já estava no limite, aumentou a concentração de *cerven* livre a níveis alarmantes na estação. Acostumados com o ambiente pesado, seus trabalhadores nem sequer notavam, enquanto em pequenas quantidades, mas a influência do *cerven* os modificava a cada dia. A explosão do tanque os expôs de uma só vez a um nível de *cerven* nunca experimentado e uma ira incontrolável tomou conta deles. Só tinham vontade de destruir tudo que estava ao seu alcance, e, assim desgovernados, desceram para a estação central, desencadeando toda a confusão.

Os construtores aceleraram o processo de fabricação. O tanque de *cerven* defeituoso foi enfim lacrado e o novo começou a ser usado. Existe um monitoramento frequente de sua situação. Sabe-se que, antes de qualquer coisa, é uma bomba em potencial. Realizam-se estudos acerca de como se livrar de todo o excesso, mas ainda não se sabe como proceder. É muita energia ali, não é possível simplesmente atirá-la no espaço e esperar que a explosão ocorra em algum outro lugar, mesmo porque a explosão poderia acontecer durante o procedimento.

À medida que os *glens* potencialmente maus são identificados, vão sendo destruídos. Não se cometerá o mesmo erro novamente, pensam os *lorens*, culpando-se pela triste situação que vive o planeta Terra. As ligações continuam e se acredita que em poucos anos o fluxo de *glens* com energia boa vai aumentar. Ao menos é o que indicam as medições nos locais monitorados.

Mais um dia de trabalho chega ao final na estação. Loan desce para sua sala, para sua esfera. Coloca seu prismário e viaja até o dia que apresentou os modeladores a Nim. Ri muito da cena com o *Tchiraula*, mas seu semblante muda quando se lembra do que aconteceu na sequência.

A explosão na estação, as lutas, as mortes, a saudade... Toca o prismário de Nim como um pai acaricia um filho. Sente-se culpado por não o ter salvo; sente-se como se tivesse perdido uma pedaço seu. Sente-se mais humano a cada dia que passa.

Por estar próximo deles há mais tempo, estava experienciando novas sensações. Esta que sentia agora ele conhecia bem, a preocupação. Loan interagiu o suficiente com os humanos para se dar conta de que eram frágeis demais, influenciados demais por seus sentimentos. Sabia também que a exposição prolongada ao *cerven* ao longo de tantos anos de trocas de *glens* defeituosos com a Terra poderia ter criado um desequilíbrio na ordem natural das coisas por lá. E se os *lorens* fossem responsáveis pelo nascimento dos grandes monstros da humanidade? Essa sensação era nova para Loan. Pela primeira vez, ele sentia medo.

MELHORIAS

Seis meses se passaram desde que a estrela azul de Nim iluminou a vida de Berta e de seu marido. As coisas, aos poucos, vão melhorando. A casa precisou ser ampliada para comportar o número crescente de crianças de quem Berta cuida. Todos agora estão preocupados em como serão os primeiros meses após o nascimento. Tia Berta precisará de algum tempo para repousar, mas promete voltar o mais rápido que puder, desde que seja seguro, é claro.

Carlos não mais arrasta seu carrinho pelas ruas atrás de papelão; agora é funcionário de uma empresa de reciclagem. Financeiramente não mudou muito, mas o emprego lhe possibilita mais estabilidade, já que não depende mais do clima para trabalhar, época em que longos períodos de chuva derrubavam a pouca renda da família. O horário fixo também o ajudou a programar a sua vida. Depois do trabalho segue para a escola; pretende se formar no próximo ano, se tudo correr bem. Enfim completará o ensino médio.

Mas a mágica do bem não se restringe à casa dos Santos. As crianças que ali passam o dia levam toda essa energia boa para suas casas, e já é possível ver sinais de melhoria em várias residências. Aquelas casinhas feitas com restos de material aos poucos vão dando espaço a casas de madeira, a rua começa a ser nivelada, o esgoto é tratado, novas e coloridas cercas adornam os renovados lares.

Trabalhando em conjunto, a comunidade vem conquistando grandes avanços. Antes, desanimados, separados e sentindo-se excluídos, não tinham força para nada, mas juntos estão vendo a vizinhança prosperar. A passos lentos, mas constantes. E devagar todos vão crescendo. Novo Horizonte pode se orgulhar do nome, passando a refletir, sim, a realidade dos que ali moram, todos em busca de um lugar melhor para viver.

Não sabem o porquê, só sentem uma grande motivação para lutar e buscar uma vida melhor. E sentem prazer em ver a comunidade prosperar, orgulham-se de morar aqui. É normal ver um morador com seu filho no colo, admirando as mudanças na rua, nas casas, nas pessoas. O bem contagia e, mesmo sem ainda ter visto a luz, Nim já faz a diferença. Como disse o sábio Loan: "Você é bom, pequeno, pode ainda não saber, mas é bom".

Nim vive um misto de alegria e saudade. Não há como ficar triste com tanto amor, mas ainda pensa em seu mestre e em tudo que ele deixou na estação. A dúvida sobre como terminou toda aquela confusão o persegue diariamente. Seu mestre está vivo? A rebelião foi enfim contida? Ou nesse momento todos são escravos dos vermelhos? Dúvidas e mais dúvidas e nada mais para fazer além de esperar o tempo passar.

Mais três meses e Nim voltará a ver a luz, desta vez vista através de um humano, de um filhote de humano, daqueles que ele já viu nascer. Mas não faz ideia de como será sua vida aqui, que tipo de controle terá sobre o menino, como será a sua relação com Ruan. Sim, esse será o seu nome na Terra. Vai ser uma espécie de consciência ou estará no controle? E se estiver no controle, como se comportará? Não sabe ser humano. Imagina o quão estranho seria um bebê já sair andando e falando uma língua desconhecida?

Adormece pensando na estação, pensando no seu mestre, pensando em como será Ruan, o seu novo corpo, radiante como nunca, graças ao amor dos pais, a quem ele pode chamar de seus também. Será o primeiro modelador de energia a ter pais, o primeiro *loren* preso a um corpo humano de que se tem notícia, uma situação da qual não se sabe o que esperar.

Na estação, os primeiros frutos do árduo trabalho dos manipuladores começam a ser notados. A cada mês, mais *glens* azuis chegam para ser coletados. Já é suficiente para aumentar ainda mais as ligações e armazenar para possíveis problemas futuros. Loan está orgulhoso; sabia que isso era o correto a ser feito, sempre defendeu essa situação e agora pode mostrar a todos que estava com a razão. As velhas rixas do passado foram esquecidas, e todos os manipuladores trabalham agora como um time, e todos respeitam demais Loan.

Enquanto vasculha novos locais para intervir com a sua esfera, Loan passa a visão sobre um pequeno bairro: Novo Horizonte, onde tudo parece bem. Então, resolve buscar outros lugares para ajudar.

PARAÍSO

Chove lá fora e já é tarde da noite. A luz dos raios clareia as frestas da singela casa. A voz de uma mulher ecoa pelo quarto, seu filho pedindo permissão para nascer. Berta vai dar à luz o filho esperado. Carlos sai de casa para buscar ajuda, na verdade, um transporte para a esposa que entrou em trabalho de parto. O tempo corre contra eles.

A chuva aumenta, Carlos atravessa a rua segurando uma tolha sobre a cabeça e bate à porta do vizinho que tem um carro. Explica-lhe a situação e é prontamente atendido. Corre para preparar a esposa. Uma sacola guarda as poucas coisas que haviam conseguido juntar para o bebê. Mesmo com toda a tensão e simplicidade, o momento é de alegria, de muita alegria.

Com cuidado, Carlos acomoda sua mulher no banco de trás e seguem para o hospital. Nestas horas, morar em Novo Horizonte não é tão bom. A maternidade mais próxima fica na cidade e o trajeto parece ter centenas de quilômetros. Nem é tão longe assim, mas parece que não nunca chegarão. Chuva forte, raios, e dentro de Berta uma explosão de sentimentos eleva Nim a um nível de energia jamais visto por um *loren*.

Se a luz por ele emitida fosse visível aos olhos humanos, Berta neste momento carregaria um sol no ventre. Toda essa energia o faz entender ainda mais as emoções humanas. Amor, alegria, companheirismo, respeito, dedicação, doação. Viver para dar alegria ao outro, dar alegria para ser feliz. Ele se sente mais integrado com Ruan do que nunca; neste momento são um só, corpo e alma, matéria e energia, amor e poder.

Já é possível ver as luzes do hospital, para alegria de ambos. Mais um pouco e estão na recepção da emergência, colocando Berta em uma cadeira de rodas, encaminhando-a ao quarto para os preparativos. Respirando rapidamente, despede-se do esposo. Quando se encontrarem novamente, não estarão mais sozinhos no mundo.

A agonia na sala de espera não tem fim, médicos passam em branco, enfermeiras passam em branco. Até que, mais de uma hora depois, um deles para na frente de Carlos e lhe dá a boa notícia:

– Mãe e filho passam bem; acompanhe-me para conhecer o seu filho.

Mesmo em um quarto distante, Nim sentiu o amor de seu pai atingi-lo. Quando os três enfim se encontram pela primeira vez, o brilho do *loren* certamente seria visto do espaço.

Toda esta energia coloca um sorriso em cada um dos presentes, até mesmo nos mais experientes, acostumados com os nascimentos tão rotineiros no lugar. Este é diferente, tem algo especial, tem um brilho especial: um casal humilde, um amor verdadeiro, seu primeiro filho, uma nova fase na vida de todos.

Nim volta a ver a luz, volta a ver o mundo, e não apenas uma visão do prismário, não representava mais uma lição de Loan. Este momento é real. Nim é um humano. Ao menos está dentro de um e, pela primeira vez, pode sentir o sentimento de um filho ao ver seus pais: uma gratidão infinita, uma dívida eterna, que será paga com todo amor que ele puder transmitir, e ele tem certeza de que vai transmitir. Neste momento de incalculável alegria, Nim se lembra de seu mestre.

E na estação, muito distante dali, a lembrança de Nim invade com força a mente de Loan, desta vez não da maneira tradicional, envolta em saudade e tristeza. Agora é diferente, ele parece vivo, ele parece próximo, e enquanto Loan segura o prismário do seu pupilo, consegue senti-lo ali, ao seu lado, vivo, dando-lhe forças para continuar, dando-lhe forças para acreditar.

E SE...

Feliz com algo que não consegue explicar, Loan decide ir até a estação central. Pelo caminho, flashes daquele trágico dia vêm a sua mente: a luta, o grito, a fúria, o brutamonte desacordado, Nim tentando recuperar as forças para se proteger... sua última imagem do aprendiz. Quando volta a si, está parado no meio do corredor olhando para o chão, exatamente como estava naquele dia, pouco antes de correr para a estação e ajudar os outros. Vira-se e segue rumo ao seu destino.

Chega à estação e vê o movimento costumeiro. Há bem mais azuis chegando agora e a tendência aponta que muitos ainda virão. Desce a rampa da plataforma de lançamento e observação. Acessa o dispositivo e vê as correntes de *glens* que vão e voltam da Terra. Agora já são diferentes, não estamos falando de duas correntes vermelhas, pois a de retorno já está levemente roxa. Ao constatar isso, uma ideia surge como uma grande explosão: "E se...", reflete Loan, questionando a si mesmo.

Volta às pressas para sua sala, acessa seu prismário, faz contas. Usa a esfera em busca de mais informações. Mais contas, ponderações, projeções, estatísticas. Parece convencido de algo, mas busca embasamento para ter certeza. Passa a noite entre pesquisas e cálculos e, após analisar grande parte do histórico da estação central, pede uma audiência com o *Tchiraula*, fato que já não é mais necessário, pois tem livre acesso à sala da criação, embora faça questão de seguir o protocolo.

Compartilha com o soprador sua ideia. Mostra-lhe os dados em que trabalhou durante toda a noite e suas explicações são acompanhadas com atenção:

– Se sua teoria estiver correta, Loan, de uma só vez resolveremos vários dos nossos problemas, bem como ajudaremos ainda mais os humanos. Precisamos estudar como viabilizar a execução, mas você pode contar com a minha aprovação para seguir em frente – fala o *Tchiraula* após toda argumentação. Loan agradece e segue para Altioren. Precisa conversar com os demais manipuladores.

Tão logo chega à oitava estação, reúne o pessoal e reinicia a exposição da sua ideia. Movimentos afirmativos de cabeça indicam que o caminho por ele proposto parece ser o melhor a seguir. Uma última reunião com os coletores conclui a saga de explanações. Todos concordam com a ideia, mas estão preocupados em como viabilizá-la. Isso, no entanto, será mais bem analisado a partir de agora, já contando com o apoio de todos.

Marcam uma reunião para o dia seguinte a fim de que os envolvidos apontem possíveis soluções que resolvam os entraves da nova ideia. Loan precisa descansar e, tão logo tudo está encaminhado, parte para o merecido descanso. Manipuladores e coletores permanecem conversando, procurando possíveis saídas técnicas para o problema.

A ideia é simples: não mais enviar *glens* vermelhos à Terra. Daqui para frente, serão enviados somente *glens* roxos, metade *hyacin*, metade *cerven*. Segundo a teoria de Loan, o processo reduziria muito o retorno de *cerven*, já que, de certa forma, estariam melhorando o ambiente tão logo a fusão fosse iniciada. Se hoje, enviando apenas vermelhos, a corrente de retorno já está ficando roxa, enviando *glens* roxos ela tenderá a ficar azul.

Vai se perder *hyacin*? De acordo com os cálculos, o ganho será muito maior e, a essa altura, as reservas já estão quase no máximo. Mais *hyacin* concentrado, menos *cerven* para estocar, mais energia positiva para os humanos. A solução parece perfeita. Mas a estação não foi feita para isso. A disposição das estações não favorece. Não há *hyacin* em grande quantidade em Rubeum e a mistura precisa se realizar ali, onde hoje são preenchidos os *glens* com *cerven*.

Deslocar os *glens* para Lila, a estação roxa ou a quarta estação, também não parece uma boa opção. Lá existe *hyacin*, mas, logisticamente falando, é muito longe da plataforma de lançamento. Falta solucionar apenas essa equação para colocar o novo modelo de envio em prática. Loan não vê a hora de isso acontecer.

"Precisamos de *hyacin* próximo; precisamos de um tanque na estação um; é isso, construiremos um próximo a Rubeum", pensa Loan, enquanto ainda está acordado. Somente depois ele consegue enfim descansar.

MOVIMENTOS

Faz um mês que a radiante família retornou do hospital, trazendo consigo o seu novo membro. Nim está maravilhado com tudo, e até mesmo a simplicidade de Novo Horizonte lhe salta aos olhos. Ele já sabe como é a sua relação com o corpo de Ruan. Fisicamente falando, ele pode assumir o controle. Mentalmente falando, ainda é uma incógnita; o bebê não compreende nada ainda, então só o tempo dirá.

Quando está sozinho no berço, fica tentando mexer as descoordenadas mãozinhas, que obedecem aos seus comandos na medida do possível, mas o corpo, muito maleável ainda, não tem firmeza para nada. Isso é uma questão de tempo. Só testa suas habilidades quando está sozinho, pois não quer parecer um bebê diferente. Na presença dos outros, deixa o controle, ou na ausência dele, para Ruan. Ele sabe como se comportar.

A creche da Tia Berta vai reabrir amanhã. Ela se sente forte o suficiente para a empreitada e o seu próprio bebê não incomoda. "Quem cuida de dez, cuida de onze, não é mesmo?", pensa ela.

Enquanto isso Carlos continua sua dupla jornada de trabalho e estudos. Em mais um ano ele terá se formado, mas sob a luz do seu filho não existem dificuldades que não possam ser superadas.

Nim está mais relaxado agora, já não vive no escuro, já tem um mundo novo para explorar. O amor recebido o alimenta, e ele o devolve transformando a casa dos Santos na mais azul do bairro. Os pais das demais crianças já estavam impacientes, aguardando ansiosos o retorno da creche, como se instintivamente soubessem que aquela nuvem de boa energia irradiada voltaria.

Anoitece, e do berço de Ruan é possível ver o céu através da janela entreaberta. "As estrelas, minha outra casa está por aí em algum lugar", pensa o *loren*. Mas não há como ficar triste aqui, sempre tão bem cuidado, sempre cercado de tanto carinho. "Agora aqui é o meu lar", reflete Nim.

No dia da reabertura da creche as crianças chegam cedo, uma a uma enchendo ainda mais a casa de alegria. Nim observa os pequenos com atenção; seus movimentos, todos já são bem maiores que ele, com um, dois, cinco anos. "Espero poder me mover assim em breve", ele pensa, o que vem acompanhado por um levantar de mãos de Ruan. "É isso aí, garoto, logo seremos nós."

Fica a dúvida de como o filho de Berta vai se comportar com uma consciência tão, vamos dizer, ativa. No início ele vai achar isso normal, pois não tem referência de como são as outras pessoas, mas e depois? Não corre o risco de ser tratado como que acometido por algum distúrbio mental? Nim vai precisar tomar cuidado com a maneira de se manifestar, ou poderá botar tudo a perder. Transformará uma vida alegre em um grande problema para toda a família. Somemos isso à curiosidade do pequeno *loren*, e o cenário das confusões estará formado.

Em algum lugar do céu, construtores trabalham na confecção de um novo tanque na estação um. Com muito cuidado devido ao tanque lacrado, repleto de *cerven*, o qual motivou a maior tragédia já ocorrida na estação, estudos estão sendo realizados para esvaziá-lo. Uma tarefa que precisará ser muito bem coordenada. Uma tarefa gigantesca.

O *Tchiraula* chama Loan para uma conversa. Gostaria de confirmar como andam as reservas de *hyacin*, mesmo antes de iniciada a nova maneira de enviar os *glens* à Terra. Informa que teve uma visão, e via naves *lorens* explorando o espaço, buscando novas fontes de energia e, quem sabe, um novo lar. Tal possibilidade nunca havia sido levantada, porque já estavam felizes por ter energia para sobreviver. Nunca pensaram em voltar à exploração.

– Agora nossa realidade é outra; temos uma boa reserva e existe a perspectiva de ampliá-la ainda mais. Já está na hora de voltarmos a nos mexer – conclui o soprador.

– Você tem todo o meu apoio: voltaremos a explorar – confirma Loan.

HORIZONTE

Não tão distante quanto alguns gostariam, fica o bairro de Horizonte. A família Santos, bem como a grande maioria dos demais moradores de Novo Horizonte, veio fugida de lá. Viram seu pacato bairro ser invadido por hordas de ladrões e traficantes, enquanto ações policiais diárias tiravam o sono da comunidade. Assim, todos que conseguiram escaparam de lá.

Alguns não tiveram tempo; antes de isso acontecer já haviam sido mortos. Nos dias atuais, nem a polícia vai mais lá. Todos que moram em Horizonte hoje ou são criminosos, ou estão vivendo à própria sorte.

Pobres crianças deste bairro abandonado. Nascem por acidentes de percurso, nunca foram desejadas. São frutos de crimes como estupro ou da prostituição das viciadas locais. Pobres crianças.

Andam pelas ruas como cães vira-latas, revirando o lixo à procura de algo para comer. Seus pais apenas as veem à noite, e se isso não acontecer, melhor. Menos um para incomodar. Porém, cada serzinho desses foi preenchido com um *glen*. Pequenos *glens* transformados no mais nocivo *cerven*, devido ao ambiente onde se encontram.

E nesta noite, mais uma mãe está sendo punida com o nascimento de um filho. Punida no modo de pensar deles. Em algum desses barracos uma mulher está dando à luz. Seus gritos podem ser ouvidos por toda a vizinhança, já muito acostumada com gritos, com tiros, com mortes.

Mas a vida é imune a essa adversidade e, mesmo que nas piores condições, tratou de pôr no mundo a pequena Rebeca. Contra todas as estatísticas e probabilidades, a criança nasceu saudável. Seu pequeno *glen* continua vermelho, mas quanto a isso não há muito que se esperar. Esse vermelho só vai aumentar de intensidade ao longo de sua provável curta vida.

Em Novo Horizonte, Berta está preparando o primeiro aniversário do seu amado filho Ruan. Amanhã será o dia de comemorar essa bênção, dia de festa, dia de alegria. O pequeno já dá os seus passos pela casa, já fala uma meia dúzia de palavras em algum dialeto antigo, antigo e incompreensível, diga-se de passagem.

O importante é que ele é saudável; tão saudável que, preocupados, foram ao médico várias vezes neste último ano. A criança não contrai nenhuma doença. Está sempre tão bem que acham que algo está errado. Errado não é o caso; está é excessivamente certo. Com um *loren* azul brilhante dentro de si, ele é praticamente invulnerável. Praticamente.

INVASÃO

Loan está apreensivo na plataforma de lançamento. Em poucos minutos ocorrerá a mudança na rotina de envio de *glens* à Terra: a invasão roxa vai se iniciar. O procedimento demorou muito para ser concluído devido a muitas complicações na construção do tanque de *hyacin* na estação um. A instabilidade do antigo tanque agora lacrado de *cerven* tomou mais tempo que a própria operação em si. Mas hoje é o dia, e seu idealizador está com os olhos no dispositivo, acompanhando de perto e ansioso o envio dos *glens*.

Por alguns segundos o fluxo de *glens* se interrompe. Chega o momento. Pouco tempo depois, *glens* roxos começam a ser enviados, mudando a cor de um lado da esteira. "A sorte foi lançada. Sejam mais felizes, humanos. Devemos isso a vocês", pensa Loan, enquanto admira orgulhoso a mudança. Orgulho que o faz lembrar alguém, e acredita que ele também estaria satisfeito com a mudança. Suas ponderações sobre a estagnação da matriz energética estavam corretas e agora, certamente, sua opinião seria outra.

Ainda vão demorar bons anos até que se tenha algum tipo de confirmação sobre a eficiência da mudança. Mas agora é só uma questão de deixar o tempo agir. E, nesse tempo, iniciar a exploração espacial solicitada pelo *Tchiraula*. Se não fossem os problemas em conter as fissuras no tanque de *cerven*, haveria mais construtores trabalhando na feitura das naves.

Restaram apenas alguns para desempenhar essa função, e considerando que já se passaram muitos séculos desde a construção da última nave por um *loren*, o procedimento tende a demorar muito mesmo. Esse pequeno grupo estudou os prismários de antigos construtores e já fizeram inúmeras visitas à nave, que é o centro de toda estação, uma grande nave de carga, que poderia servir em caso de uma emergência; mas de imediato é necessário que existam naves menores para a exploração.

Porém parece que essas naves demoraram um pouco mais para ser criadas. A instabilidade do tanque preocupa a todos. É preciso que se encontre uma solução para todo esse *cerven*. Essa energia tem de ser retirada daqui.

– Precisamos criar um tanque que possa ser removido da estação – sugere um construtor.

Pensa-se em quão grande tal tanque precisa ser e chega-se à conclusão de que apenas um não será suficiente. Talvez três gigantescos tanques de forma esférica e suspensos fora da estação deem conta da tarefa.

A ideia é que, depois de efetuada a transferência do *cerven*, uma das futuras naves os arraste para algum lugar distante daqui. Afinal, não se querem essas bombas por perto.

O plano foi aceito, mas levantou-se um novo entrave: material. Usando o disponível ao redor da estação demorariam muitos anos para finalizar o projeto, e anos não parecem uma boa medida de tempo nesse caso. Sabe-se o quanto pode demorar a construção de um tanque de *hyacin*, que é bem menor do que umas das esferas em questão e, ainda assim, levaria vários meses. Imagine algo cem vezes maior.

São necessárias mais informações do que as disponíveis no momento. Essa condição de estagnação está causando muitos problemas.

– Construtores, nossa corrida agora é contra o tempo – diz *Tchiraula* em uma audiência convocada com urgência. – Vocês precisam, em um curto espaço de tempo, disponibilizar alguma nave pequena capaz de realizar a função de exploração do espaço ao nosso redor. – Missão recebida, partem para os estudos.

Mesmo nos tempos áureos das viagens *lorens*, nunca se pensou em modelos muito pequenos. Normalmente as naves serviam para transporte de grandes quantidades de materiais. Como não participavam de guerras, modelos mais leves como caças nunca foram criados. Precisa-se criar algo jamais feito antes. E isso, o mais rápido possível.

Um mês depois de recebida a tarefa, um dos construtores, Zuno, parece que já tem algo para mostrar. Está marcada uma exibição ao final do dia no hangar improvisado.

Enquanto isso, Bruti, o furioso *loren* vermelho que quase matou Nim e hoje atua como manipulador, está preocupado com a situação alarmante em Horizonte. O bairro destoa muito dos vizinhos, sendo uma mancha vermelha na região. Bruti pensa em uma maneira de ajudá-los e decide procurar uma mulher que esteja grávida por lá. Pretende enviar Aurora, completamente carregada de *hyacin*. "Vou salvá-los", pensa Bruti, enquanto leva Aurora para carregar.

MATERNAL

Com Aurora repleta do mais puro *hyacin*, Bruti, inicia sua busca por alguma mulher grávida que ainda não tenha recebido um *glen* no vermelho bairro de Horizonte. Devido à reativação dos trabalhos dos manipuladores, agora pode acontecer de as novas mães ficarem vários meses sem receber o *glen*. Não há prejuízo nenhum para elas nisso, apenas atrasam um pouco a conversão, e permitem inserções pontuais para tentar resolver algumas urgências. E é justamente isto que Bruti quer fazer: uma inserção pontual.

Eis que surge a candidata, Regina, em sua primeira gestação. Mais uma pobre viciada de Horizonte; mais uma mãe que acha que a maternidade é um castigo. "Mas isso vai mudar", pensa o manipulador. Prepara Aurora para o lançamento e envia o mais poderoso *glen* conhecido até o momento pelos *lorens* para uma missão de resgate. Tão logo é atingida por sua força, Regina muda de expressão. Sem saber o porquê, sente que algo mudou dentro dela. A rejeição à gravidez começa a ser quebrada, e ela se sente mãe pela primeira vez.

Independente de sua situação, Regina percebe que tem um objetivo na vida agora. Ela viverá por esse filho, mesmo sem a presença do pai, que caiu no mundo e nunca mais apareceu. Sem saber o motivo, sente que se tornou uma pessoa melhor; não quer mais a vida nas drogas que há tanto tempo a cerca, quer se mudar dali, não quer que o seu filho corra tantos riscos. Quer algo que nunca quis para si mesma: que ele seja feliz. Que tenha uma vida digna. Que um dia possa também ter seus próprios filhos para sentir a alegria que ela mesma agora sente.

O amor de Regina pelo filho rapidamente faz o seu *glen* mudar. Não é mais o vermelho que a acompanhou pela vida toda, agora também é azul e vai se tornar mais brilhante a cada dia, enquanto espera o nascimento. Bruti sorri satisfeito por ter colocado um ponto azul em Horizonte, esperando que seja suficiente para mudar um pouco os outros ao seu redor. Contempla também a pequena Rebeca. Quem sabe haja alguma esperança enfim para ela. Com pouco mais de um mês de vida, neste momento ela se acalma em sua casa e a luz azul que invade o barraco a deixa um pouco mais feliz.

A tranquilidade, no entanto, é rompida com o som de tiros. O pai entra na casa em disparada, trancando a porta e mandando a mulher se deitar no chão.

– A casa caiu! – grita ele.

Os disparos atingem o barraco. Lascas de madeira começam a voar ao som de um número maior de tiros. Próximo a uma janela, o pai tenta revidar, mas tão logo o avistam é alvejado várias vezes. Um pé pede licença e arrebenta a porta do casebre; a mulher da casa grita e, enquanto tenta fugir, também é baleada. Cessado o som dos tiros e dos gritos, ouve-se ao fundo apenas um choro de bebê vindo do quarto ao lado.

Invadem o quarto atrás de outros possíveis adultos. A ordem era para acabar com a família; estavam invadindo a área de gente poderosa e esse tipo de erro só se comete uma vez na vida. Tão logo a luz é acesa e apenas avistam o bebê, terminam a busca e vão embora. A criança que fique à sua própria sorte.

Pouco depois da confusão, curiosos começam a se juntar em frente à casa. Aos poucos, os mais corajosos começam a espiar para dentro pelas portas e janelas. Avistam os dois corpos, e todos da casa parecem mortos. A coragem aumenta e alguns se atrevem a entrar, quando, então, ouvem o choro da criança. Um morador sai com a pequena Rebeca no colo, pensando que fim a pobre criança teria.

Regina cria coragem e sai da sua casa, vê toda a confusão e vai ver o que aconteceu. Só ouve os cochichos: "Mataram todos..."; "Mais uma vez isso?"; "Pobre criança...". Tão logo ouve falar da criança, encontra-a chorando nos braços de um homem. Irradiando maternidade, vai ao seu encontro e pede para segurá-la. Assim que a recebe nos braços, o bebê se acalma. Enfim encontra a paz, encontra o amor que só uma mãe de verdade pode transmitir.

– Eu vou cuidar dela – diz Regina, enquanto volta para casa.

Ninguém se manifesta contra. Seu brilho contagia a todos de alguma maneira, pois veem nela uma verdadeira mãe, mesmo que seu histórico não seja dos melhores. E aos poucos os emocionados moradores voltam para suas casas. Sem saber por quê, algo os havia tocado na cena. Não as mortes, mas a vida! Um bebê e o amor de uma mãe. Regina está em êxtase, esperando seu próprio filho e, com Rebeca agora nos braços, sente-se abençoada. Os três juntos brilham como nunca. Como nunca Horizonte viu alguém brilhar.

VOLARE

Chega a hora prevista para a demonstração da nave idealizada por Zuno. Assim que todos estão presentes, ele os encaminha até a sala escura onde repousa sua obra. Antes de acender a luz, algumas informações:

– Quando pensei no desenvolvimento da pequena nave, levei em consideração a nossa essência. Somos energia pura, teoricamente faltaria pouco para que a nossa estrutura física atual nos permitisse voar. Então pensei: "E se fosse possível moldar uma estrutura que expandisse a capacidade de um *loren*, literalmente lhe dando asas?". E foi isso que desenvolvi. – Acendendo a luz, logo revela sua obra: – Apresento a vocês a extensão Volare: uma estrutura feita de *hyacin*, brilhante, composta basicamente por seis asas, duas grandes na parte frontal da nave e quatro menores na parte traseira, unidas por um corpo cilíndrico levemente achatado, iniciado com uma ponta muito fina, que chega até a dimensão da nave tão logo se aproxima das primeiras asas. O que chama a atenção é a ausência de alguma abertura para permitir ao piloto se acomodar. No máximo, existe sobre as asas frontais uma estrutura que lembra uma cabine, completamente lacrada.

Sob os olhares curiosos dos presentes, que a esta altura já estão espalhados e andam em volta do protótipo, continua sua explicação:

– No centro desta nave há uma boa reserva de *hyacin* e espaço suficiente para um *loren* se acomodar. Sua autonomia não é das maiores, mas, se o que precisamos são batedores para explorar os nossos arredores, a Volare dará conta do recado.

Os presentes ainda procuram uma abertura ou algo que justifique a afirmação "espaço para um *loren* se acomodar", mas não há até agora nenhuma pista de como isso será feito.

– Vou lhes mostrar a nave em funcionamento. Eu mesmo vou pilotá-la. Ao menos se algo der errado, já sofro a punição pelo meu erro – ri Zuno.

– Mas, não se preocupem, já a pilotei antes e não tive muitos problemas nos testes.

Todos olham atentos pensando no truque que lhe permitirá entrar na nave. Pede aos *lorens* que se afastem um pouco e vai ao encontro de sua criação. Tão logo a toca, ele começa a brilhar muito e de repente é incorporado na nave, como se algo o tivesse aspirado.

Do interior da nave, continuou a explicação:

– Como falei, essa estrutura é uma extensão, um anexo que nos permitirá voar. Parte da sua energia vem do próprio piloto. Na minha condição atual não tenho mais mãos ou pés. Tenho asas. O *hyacin* armazenado na nave é usado para propulsão e todos os demais componentes neste momento se tornaram parte do meu corpo.

Dito isso, começa a levantar a Volare. As asas são testadas e, rapidamente, parte em direção ao espaço, deixando os demais *lorens* paralisados olhando para o vazio e esperando seu retorno.

Ainda virados contemplando as estrelas e, quem sabe, o retorno da nave, são surpreendidos pela voz de Zuno vinda de algum lugar atrás do grupo:

– Como vocês podem ver, nossa extensão é bem rápida. – Todos se viram assustados e já veem Zuno fora da nave pousada logo atrás dele. – Ainda preciso fazer mais alguns testes para garantir a autonomia e o retorno seguro de nossos bravos pilotos. Mas, assim que isso for concluído, teremos uma pequena frota que pode ser rapidamente construída com a ajuda dos modeladores.

Alguns meses se passam e as revoadas de Volares já se tornam rotina na estação. Ao contemplar as naves indo e vindo, Loan pensa que, se Nim estivesse ali, certamente iria querer ser um dos pilotos. Curioso como era, não mediria esforços para tentar voar.

Na terra, o pequeno Ruan não para quieto. Agora ele também está contemplando o ir e vir de naves, na verdade de abelhas, que formaram uma pequena colmeia atrás da sua casa. Guiado pela curiosidade do seu *loren* particular, aproxima-se o suficiente para ser picado. Nim não entende o motivo da choradeira, também não foi nele que a ferroada doeu. Socorrido por Berta, ele é recolocado em casa com segurança.

As Volares encontram boas reservas de minerais energizados em suas explorações. Um dos grandes tanques para retirar o *cerven* da estação está sendo concluído e, se tudo correr como esperado, a nave de carga Omni estará pronta para o seu primeiro trabalho tão logo ele esteja cheio. As distâncias percorridas pelos exploradores estão aumentando cada vez mais.

Encontram em Saturno uma lua que parece ser um bom lugar para depositar os tanques-esfera, pois a densa atmosfera do planeta impedirá olhares curiosos de possíveis sondas humanas.

Afora o rosto inchado de Ruan pela picada do inseto, o clima na casa é de pura alegria. Carlos se forma hoje, motivo de comemoração na família Santos. Hora de buscar um emprego melhor, hora de progredir. Progredir assim como fez Novo Horizonte, hoje com ruas calçadas, casas cada vez melhores, uma boa infraestrutura, um bairro azul de felicidade e prosperidade. No vizinho vermelho, as coisas melhoram um pouco graças à luz de Regina. Ainda está longe de ser um bom lugar para se morar, mas já foi pior.

A vizinhança tem ajudado, na medida do possível, a sustentar a ela e a sua filha Rebeca. E com a renda obtida com a venda de alguns artesanatos feitos a partir de material reciclado, está levando sua vida. Pela primeira vez, levando a vida com alegria. Infelizmente, essa alegria está despertando a desconfiança dos poderosos criminosos do bairro: "Por que uma pessoa com tantas dificuldades aparentes ainda vive sorrindo? Quem a está ajudando? A mando de quem ela está aqui?", perguntas sem respostas para um destino agora indefinido.

MIGRAÇÃO

Enfim o primeiro tanque-esfera foi concluído e começam os preparativos para migrar o *cerven* do tanque danificado. Tudo tem de ser meticulosamente estudado, pois sabe-se que, antes de ser um simples reservatório, é uma bomba, com grande potencial destrutivo. Todos os modeladores estão há dias planejando a ação e já têm um plano a seguir.

A Omni, grande nave de carga, está retornado de sua viagem inaugural, pronta para levar o tanque até Titã, a lua laranja de saturno, escolhida depois de muita exploração do sistema solar. *Tchiraula* está apreensivo e decide acompanhar toda operação de perto. Mesmo que não haja uma clara hierarquia de poder, os *lorens* sempre seguem as instruções do criador. E ele, em contrapartida, se sente responsável pelo bem-estar dos seus, digamos, filhos.

Todos os modeladores estão reunidos. Perfilados e aos pares, formam um grande corredor entre o tanque danificado e a grande esfera. Restam alguns fora do cordão, que ficam de prontidão e vão atuar somente se necessário. O arriscado procedimento vai começar. Abrem uma grande válvula no tanque e uma espessa coluna de *cerven* começa a sair. Parece o rompimento de uma artéria do tanque.

Rapidamente, os modeladores iniciam seu trabalho. Agitando as mãos, conseguem forçar a carga de energia a seguir pelo corredor e, como que envolto por um tubo de energia, o *cerven* vai sendo conduzido até o seu novo destino. Minutos se passam. Horas se passam e sinais de fadiga já são visíveis em muitos modeladores. Ainda há muito *cerven* para armazenar, e o procedimento não pode ser interrompido até que a esfera esteja cheia e possa ser devidamente lacrada.

O primeiro modelador desaba de exaustão enquanto outro rapidamente toma o seu lugar. Novas baixas, novas substituições, até que todos os reservas já estejam na função. Nova baixa, um coletor toma seu lugar. Mesmo não sendo o seu ofício, todo *loren* é um manipulador de energia. E assim, depois de mais algumas horas, já havia mais coletores no grupo que modeladores. E a transferência prossegue até que o tanque-esfera enche. A válvula do tanque danificado é fechada e, usando suas últimas forças, os primeiros modeladores a cair tentam lacrar a esfera. Mas a quantidade de *cerven* é muito grande. É necessária muita energia para contê-la e lacrar a esfera ao mesmo tempo.

Se energia é do que se precisa, o mais poderoso *loren*, *Tchiraula,* está ali para ajudar. Passando por entre o cordão de *lorens* desfalecidos, ele segue até a esfera.

Ergue seus braços e sobre sua cabeça um grande globo de *hyacin* começa a surgir cada vez maior, cada vez mais brilhante, até que, de seu centro, um raio é disparado na direção dos então fracos modeladores, que são recarregados instantaneamente e conseguem enfim lacrar o tanque. A ação é motivo de grande comemoração, todos orgulhosos do sucesso e da excelência do trabalho em equipe.

O nível do tanque danificado está em pouco mais da metade. A tendência agora é que as fissuras parem de surgir e o processo de esvaziamento completo possa ser realizado com mais tempo. A nave cargueira Omni se acopla ao tanque-esfera e o transporte até Titã se inicia. Sob a proteção dos Volares, vão se afastando da estação. Eles têm um longo caminho a percorrer.

Em Horizonte, um homem entra em bar. Já passa das onze da noite. As cadeiras de plástico sendo empilhadas indicam que logo vão fechar. Alheio à movimentação, o homem senta e pede uma cerveja. Tão logo termina de beber o primeiro copo, liga para alguém de seu celular:

– E daí? – questiona o destinatário da chamada.

– Está feito. – Encerra a chamada e volta a beber. Com o sentimento de serviço realizado, consome seu último gole de cerveja.

Copo vazio sobre a mesa, arma vazia na cintura. Paga a conta e desaparece por entre as estreitas vielas. Neste momento, Aurora retorna prematuramente à estação.

HORIZONTE NOVO

É sexta-feira e, como de costume, Sofia vai passar na casa de Regina. É ela quem leva os artesanatos para vender no centro comunitário de Novo Horizonte. Com duas crianças de colo, não é fácil o deslocamento. Do jeito que sempre fez, bate à porta já entrando:

– Regina! Estou entrando!

Não há resposta. Estranha o silêncio e segue em direção ao quarto. Talvez ela esteja amamentando, ou então não quis responder para não acordar os bebês. Sofia baixa o tom de voz:

– Regina? – Ainda sem resposta.

Leva os rangidos das tábuas do assoalho até a porta entreaberta do quarto. Devagar a abre e neste momento sua sacola com os artesanatos cai de sua mão.

– Regina! Não! – grita Sofia chamando a atenção dos vizinhos. Rebeca começa a chorar. Na cama, Regina está deitada sobre o pequeno João; em uma clara intenção de protegê-lo acabou asfixiando-o, quando caiu morta sobre ele após levar vários tiros.

Chorando muito, Sofia deixa a casa com Rebeca no colo. Curiosos já começam a aparecer e ela relata o que há lá dentro. Os mais impacientes entram para ver e saem chocados. Todos querem saber o porquê daquilo. Ela não fazia mal a ninguém! Muito pelo contrário. Sofia pede para acionarem a polícia e, em questão de horas, o corpo de Regina sai da casa em um caixão de metal e, sobre ela, o corpo do pequeno João. Uma cena forte até para os mais habituados. Lágrimas são vistas no rosto da policial que empurra agora a caixa de metal para dentro do veículo.

A pequena Rebeca perde sua primeira mãe. Primeira porque a que a gerou não deve entrar na conta. Está sozinha novamente, e desta vez será encaminhada para um orfanato pela assistente social que agora a segura nos braços. Os carros partem, Sofia entra na casa, apaga as luzes, tranca as janelas, pega sua sacola e fecha a porta da rua. Depois disso, retira do meio de seus artesanatos um anjo de gesso pintado à mão e o pendura na porta pelo lado de fora. "Aqui moravam três anjos. Vou deixar isso registrado."

Abalada, vai para casa. Hoje não é um bom dia para vendas. Hoje é um dia para se pensar, um dia para pensar no que o nosso mundo está se transformando. Aos poucos, o aglomeramento de pessoas em frente à casa de Regina vai se espalhando até não restar mais ninguém. Poderia ser só mais uma morte, mas não foi. O sentimento de revolta gerado pela situação muda a maneira passiva de a comunidade se portar. Não querem mais fazer vista grossa a tantos crimes. Os culpados vão pagar.

Muitas ligações vindas da comunidade indicam pontos de venda de narcóticos, localização de bandidos procurados, esconderijos de armas e drogas. Batidas policiais cada vez mais frequentes começam a limpar a região; quem não foi preso, morreu ou fugiu. A morte de Regina não foi em vão, até hoje ela é lembrada, apesar de não ser um exemplo de mulher toda a sua vida. Até um ano atrás, era só mais uma viciada que se prostituía para manter seu vício. Mas a bênção da maternidade a transformou.

E essa mudança contagiou todos que estavam próximos a ela; todos ganharam novo fôlego por meio dela. Não sabem o porquê, mas ela os inspirava, mostrava-lhes que se poderia ser feliz com pouco, que o que mais valia era o amor pelos filhos, pelos outros. Deu a todos um horizonte novo para explorar; mostrou a todos a sua luz.

Na estação, Bruti se sentiu muito decepcionado com o desfecho da sua tentativa de resgatar o bairro vermelho. Mas agora, meses depois, vê que de certa maneira o bem venceu. Não foi ao custo de duas vidas que ele havia planejado a mudança; não era para Aurora ter voltado tão rapidamente. Ela poderia ajudar e muito ainda lá embaixo. Mas o bairro já vive bem melhor. Ainda está longe do vizinho azul, mas seu brilho é outro. Eles encontraram o caminho.

A exploração do sistema solar está praticamente completa. Com a grande quantidade de naves e a abundância de *hyacin* para movê-las, o trabalho foi concluído rapidamente. A quantidade de *hyacin* está subindo tanto que os *lorens* vivem agora um novo problema: onde armazená-lo. Planeja-se usar o terceiro tanque-esfera para levar uma grande quantidade de *hyacin* para Titã e manter um estoque do lado oposto da lua onde repousa o tanque de *cerven*.

No entanto, durante o mapeamento nos confins do sistema, surge uma ameaça, uma grande ameaça. Movendo-se lentamente e com destino certo, um asteroide gigantesco ruma à Terra e vai atingi-la em breve, levando junto a estação *loren*. Neste momento a notícia é dada ao *Tchiraula*, e todos se unem na tentativa de achar uma solução. Uma rápida e eficaz solução.

MANOBRA ZUNICIDA

A Omni regressou da sua viagem até Titã, onde depositou o tanque de *cerven*. Ir até lá para usá-lo como bomba está fora de cogitação, pois não há tempo hábil para isso. Se ao menos ela fosse tão veloz quanto as Volares, quem sabe. Ainda falta muito para acabar a construção do segundo tanque-esfera. Os *lorens* haviam relaxado na construção, já que a situação do *cerven* na estação estava sob controle. Equipar as pequenas Volares com bombas de *cerven* pode não ser suficiente e tomará ainda mais tempo. Tempo: esse é o problema, a falta dele combinada ao fato de haver um asteroide vindo em direção à Terra, o qual vai varrer a estação em sua trajetória.

A situação começa a ficar desesperadora. Parece que o evento escolheu o momento certo para se manifestar. Poucos meses antes ou depois haveria uma bomba gigantesca na estação. Um tanque-esfera repleto de *cerven* deveria ser suficiente para vaporizar aquele asteroide, mas essa possibilidade é descartada da lista de possíveis soluções. Resta ainda um ataque com Volares, mas não são tantas naves assim e sua capacidade de carga é ínfima, ou seja, as bombas são muito pequenas para o tamanho do alvo. Mais uma hipótese descartada.

Surge uma ideia: deslocar o asteroide usando as Volares. Considerado que todas as naves conseguissem se apoiar em um dos lados da rocha, talvez ela pudesse ser deslocada, não sendo necessária sua explosão. Apenas a afastaria do sistema solar. Sua forma não esférica e seu movimento de rotação parecem difíceis de ser contornados. Se o pouso não for sincronizado, as coisas vão complicar para as Volares. Serão dizimadas! Um procedimento muito arriscado e sem garantia de sucesso.

Zuno está apreensivo. Deixa o grupo e vai para o hangar. O povo agitado discutindo possibilidades não nota sua saída. Ele fica um tempo parado olhando para a Omni e lhe surge uma ideia, mas não tem coragem de propor a um terceiro que a execute. Vai até o soprador e expõe seu plano. É um bom plano, mas custa uma vida *loren*: alguém precisa colocar a Omni em rota de colisão com o asteroide. Ele se oferece para fazê-lo, mas sabe que os demais não vão concordar. Então pede ao *Tchiraula* que informe o plano: ele sairá pouco antes do impacto e será resgatado. Possibilidade que não existe.

Um nobre sacrifício, e devido à ausência de alternativas seu plano é aceito. Todos são convocados até a sala da criação, onde o plano quase completo é exposto. Todos, por acreditarem que apenas a nave se perderá, concordam e tratam de efetuar os preparativos para transferir o máximo de *cerven* aos compartimentos de carga da Omni. Repetem o procedimento usado para encher o tanque, agora sem a queda dos modeladores, já que a capacidade da Omni não é a de um tanque-esfera. Nave carregada. Zuno se despede e parte rumo a sua última viagem, escoltado por algumas Volares.

O *Tchiraula* não parece contente com a solução. Todos os demais, entretanto, estão apreensivamente eufóricos. Uma solução parece ter sido dada para a insolúvel equação; uma solução que no final terá um *loren* a menos na conta. Um *loren* para salvar os demais. Mas não contavam com um pequeno detalhe: a Omni não havia sido construída para o transporte de *cerven* não embalado. Assim, através das placas da estrutura, o *cerven* começa a invadir a cabine. Tal situação não perturba Zuno. Morrer vermelho ou azul tanto faz, correto? Infelizmente ele está errado.

Tão logo o nível de *cerven* atinge níveis altíssimos na cabine, Zuno perde o controle sobre seus sentidos e a raiva o domina. Sente-se traído pelo seu líder que o deixou partir rumo à morte. "Fracos! Eu vou morrer, mas levo vocês comigo!" Muda o curso da nave para se dirigir de encontro à estação. Os batedores das Volares não entendem o que está acontecendo. Tentam contato sem sucesso. Aproximam-se o suficiente para ver um *loren* vermelho no comando. Temem o pior: a estação é o seu novo alvo.

Rapidamente, um dos batedores volta e alerta a estação, e convocam-se todos os pilotos das naves. Terão de levar a Omni eles mesmos até o destino, uma variação no plano de deslocar o asteroide. Volares começam a partir em grupos. Contornam a Omni e iniciam o procedimento de ajuste na rota. Em pouco tempo o destino é corrigido, para desespero do furioso piloto vermelho, que esbraveja dentro da cabine, quebrando tudo. O nível de *cerven* é muito alto e, em poucos minutos, sua raiva é substituída por dor, por muita dor. E por fim Zuno morre.

Volares em silêncio levavam a nave para o asteroide. De uma maneira ou outra, Zuno se sacrificou, embora eles nem sequer soubessem que esse era o plano desde o início. Algumas horas depois, graças ao impulso dado pelas Volares, é avistada a grande rocha, lentamente girando e varrendo tudo que encontra pelo caminho.

– Mas a nossa estação você não vai varrer! – grita um dos pilotos. – Força máxima, Volares! Ao meu sinal todas as naves devem partir em retirada.

A velocidade aumenta e a rocha cresce cada vez mais rápido em direção à estação, parecendo muito maior agora. *Lorens* estão assustados, mas com um alvo a atingir.

– Agora! – ordena o *loren.*

Todas as Volares se desprendem da Omni e traçam seu curso de volta à estação. E, atrás da esquadrilha, a Omni colide com o asteroide. Uma grande explosão vermelha espalha enormes pedaços em todas as direções. Missão cumprida, mas sem comemorações. O asteroide levou com ele um grande *loren.* Um que será para sempre lembrado: Zuno.

NOVA TELLUS

Passados algum tempo, Ruan, aos cinco anos de idade, acha que pode ajudar a mãe na creche. Assim, mantém as coisas organizadas, ficando de olho nas crianças menores. Sua única fraqueza são os brinquedos de encaixar, aqueles que têm uma abertura no formato de cada peça: estrela, quadrado, círculo. Sempre que vê um desse desmontado, trata logo de montá-lo.

Metódico como todo bom *loren*, posiciona a caixa à sua frente e as peças ao seu redor, formando uma espécie de meia-lua. Feito isso, rapidamente vai encaixando tudo. Tenta não agir muito rápido para não atrair demais a atenção, mas não resiste ao ver as peças e seu destino certo à sua frente. Com essa idade, não chega a ser um grande feito, mas ele já fazia isso desde os dois anos.

A saúde de Ruan é invejável. Até hoje não contraiu nenhuma das doenças comuns nas crianças. Só passa mal por comer demais. Talvez ache que precisa comer por dois, e às vezes faz isso mesmo, o que gera fortes dores de estômago no pobre Ruan. Mas, retirando essa gulosa "doença", nada mais o incomoda. Normal não é, porém, como os médicos nunca acharam nada de errado, cansaram de procurar.

Não é só montando brinquedos que o pequeno se destaca. Na alfabetização também não tem para ninguém. Não é preciso dizer que ele já conversa muito bem e às vezes é confundido até com uma criança de mais idade. Se não fosse denunciado por sua voz aguda, poderia passar por um adolescente sem maiores problemas. Se bem que essa fase nem é lá essas coisas. Há crianças puramente humanas bem mais inteligentes que alguns adolescentes.

Nosso herói Carlos conseguiu há pouco uma promoção na empresa de reciclagem. Trabalha agora na parte administrativa e, com incentivo que estão lhe dando, já pensa em em voos mais altos. Uma faculdade de administração está em seus planos.

A creche da Tia Berta não fica atrás em evolução. Atende hoje a dezenas de crianças e já conta com vários funcionários na equipe, porém mantendo o diferencial de sempre, responsável por crianças e pais extremamente satisfeitos, coisa que só um *loren* carregado pode fazer por você.

No próximo ano, nosso guerreiro azul deverá ingressar na escola. Oportunidade de aprender mais e de conviver com crianças da sua idade. Hora de o *loren* se comportar para não chamar demais atenção, ou vai acabar servindo de material de estudos.

Abraçado com Berta na varanda da bela casa, Carlos recorda os momentos difíceis do passado. E pensar que há cinco anos viviam de catar papelão em um casebre feito com resto de material. Nessa miséria tiveram Ruan, e a vida deles e de toda comunidade prosperou como nunca. Até hoje não entendem de onde veio tanta força, tanta disposição. A resposta é até bem simples: do amor que deram a seu filho, amor irradiado em todas as direções e em maior intensidade a partir de Nim, que vive dentro de Ruan, amor que fará a família crescer. Berta está novamente grávida.

Na estação, depois do grande susto do asteroide, a vida segue seu curso. Outras duas naves cargueiras Omni foram fabricadas, uma delas batizada como Zuno, em homenagem ao corajoso *loren*. Um novo tanque-esfera com *hyacin* foi enviado para Titã. O terceiro tanque está em vias de ser concluído, a fim de esvaziar de vez o tanque defeituoso de *cerven*, que se encontra devidamente lacrado e bem estável agora.

A quantidade de energia boa que vem da Terra aumentou muito. Loan estava certo, não há dúvidas disso hoje. Todo bem feito aos humanos agora retorna abundantemente. Há tanta energia que novas gerações de *lorens* estão sendo sopradas, com a intenção de povoar uma nova cidade que está sendo criada em Titã. Com energia de sobra, material de sobra, por que não expandir nossos domínios e criar novamente um lugar para chamar de lar? Uma nova Tellus está em construção.

MONSTRO INTERIOR

Tudo transcorre bem no primeiro ano na escola. Ruan faz muitos amigos e se destaca, como esperado, em sua classe. De uma maneira geral, a turma toda vai bem. Disciplinada, motivada, como há muito tempo não se via. Todos os professores elogiam, e esses fatos já estão se repetindo na segunda série. Já passa da metade do semestre e tudo aponta para mais um ano glorioso.

Mas nesta manhã há algo diferente. Da sala de aula ao lado, vêm pulsos de energia má. Nim recorda-se do brutamonte vermelho que quase o matou na estação. O culpado por ele estar aqui. Curioso como sempre, no intervalo, vai verificar. Uma sala de primeira série? Quem pode ter tanta energia vermelha já acumulada nesta idade?

Devagar, espia para dentro da sala, buscando algum brutamonte com raiva, e lá está ele, agarrado com uma menina ruiva. Sem pensar, corre na direção dos dois para separá-los. Que vergonha! Um cara desse tamanho batendo em uma menina! Tão logo chega perto do enrosco, leva um soco tão forte que o deixa contemplando o teto. O grandão sai correndo da sala.

Aos poucos, levanta-se com a ajuda de outros alunos e vai ver se está tudo bem com a menina.

– Tudo bem? – pergunta Ruan.

– Não chegue perto senão vou te dar outro murro! – fala a menina de fogo enquanto arruma suas coisas espalhadas.

– Vim te ajudar e você me agradece assim?

– Ajudar? Você é tonto assim sempre ou é só hoje? – indaga furiosa a ruiva. – O quê? E saia da minha frente que a minha paciência já está acabando! – esbraveja e ameaça afastar-se, deixando Ruan atônito.

Ainda com cara de tolo, tenta entender o enredo dessa história. "Quer dizer que eu ajudei o grandão a escapar dessa menina? ELA que estava surrando ELE?" Agora, olhando da perspectiva correta, percebe que é da pequena que o *cerven* parece pulsar. Incrível! Uma aparência tão frágil e com tanta raiva dentro de si! Quando pensa em sair, eis que a paciência dela se esgota e sua mão fechada vai mais uma vez de encontro ao rosto de Ruan.

Desta vez o *loren* age, e rapidamente evita o golpe. Vê a raiva nos olhos da garota, mas raiva de quê? Ruan não lhe fez nada! Ficam se olhando por alguns segundos. Nesse tempo, a energia de Nim se manifesta e começa a transformar todo aquele *cerven*. Quando a vermelha menina já estava se tornando roxa, o contato visual se perde e ela sai da sala.

Ruan ficou sabendo que era o primeiro dia dela ali e que havia sido expulsa de outra escola por indisciplina. A essa altura, isso faz todo sentido. O pobre gordinho não havia feito nada, exceto esbarrar nela enquanto tentava se ajeitar na cadeira, e sem entender já saiu apanhando. Quem poderia imaginar que a vítima não era a ruiva magrelinha? O sinal toca e ele volta para sua sala.

Tão logo se desvencilha de seu novo desafeto, a menina de fogo corre para o banheiro e se tranca. Não se sente bem. Pela primeira vez, sente-se frágil, com uma vontade de chorar que não pode ser dela. E também sente culpa por ter batido neles sem motivo. "Culpa? Está doida, Rebeca?" Todos esses anos no orfanato a haviam petrificado. Não sentia nada por ninguém há muito tempo.

Espera a cara de choro passar e volta para sala de aula. Ninguém ousa lhe encarar, mas, se alguém o fizesse, veria outra Rebeca. Parece agora uma menina de sete anos normal, não mais aquele protótipo de marginal, aquele lutador de vale-tudo, à procura de confusão. Ela não entende ainda o que aconteceu, mas aquele garoto acalmou seu monstro interior.

PRESENTE, PASSADO E FUTURO

Termina aquele atípico dia de aula. Atípico para o nosso pacífico *loren*, que sai da sala cercado por amigos e com um olho levemente roxo. Na outra sala, nossa lutadora aguarda até que todos saiam e segue solitária para o orfanato. Neste momento as freiras de lá já devem estar contando os minutos para que a paz seja quebrada. Já tentaram de tudo para tentar controlar Rebeca, mas ela é indomável. Bate nas demais crianças, coloca fogo nas lixeiras, quebra tudo que estiver ao seu alcance e, mesmo com castigos diários, cada vez mais longos e severos, seu comportamento só piorou nos últimos anos.

Seria um sonho se alguém a adotasse, mas a essa altura nem a freira mais esperançosa acredita nessa possibilidade. Rebeca é um fardo que elas terão de carregar por um bom tempo.

Rebeca chega ao orfanato, todos respiram fundo e esperam pelo pior. Ela vai para seu quarto e começa a fazer os deveres. Seu silêncio deixa em alerta as irmãs e, de tempos em tempos, uma cabeça aparece na porta do quarto procurando alguma criança sendo estrangulada ou fogo sobre as camas. Mas o que veem é a menina concentrada nos estudos pela primeira vez na vida.

Claro que ninguém irá reclamar disso, mas que parece um plano parece. "O que ela está tramando?", pensavam. "Algo muito ruim deve estar por acontecer". Mas ela conclui suas atividades e fica na janela olhando o movimento da rua, pensando no estranho dia na escola, analisando seu comportamento até então, tentando entender seu antes e o seu agora. Tudo está muito confuso. "De onde eu vim?", nunca havia parado para pensar nisso. "Tenho família? Ou alguém que goste de mim?" Novas preocupações ecoam na mente da menina de fogo.

Ruan chega a sua casa e sua mãe quer saber a origem do olho machucado.

– Brigou na escola? – questiona Berta, franzindo o cenho de preocupação.

Ele conta o ocorrido e acalma o coração da mãe, que fica sem entender como uma menina pode ter feito aquilo, mas sente-se satisfeita em saber que o seu filho só tentou ajudar, como sempre faz.

Concluídas as atividades escolares, Ruan fica brincando com a irmãzinha Natália, agora com dois anos. Nim, como todo *loren*, sente-se ainda mais radiante. Agora, além de contar com o amor dos pais, tem muito amor pela irmã também. Mas, enquanto tenta ensiná-la a encaixar as peças no brinquedo, se pega pensando naquela outra menina.

Aquele mergulho que deu naqueles olhos azuis, aparentemente repletos de raiva, revelou o verdadeiro sentimento que a movia: solidão. Muita solidão. Sente falta de um carinho que ela nem sequer recordava que existia. Já teve, por pouco mais de um ano, uma vida repleta de amor e sabia o que isso significava. Sua segunda mãe lhe mostrou como a vida poderia ser boa, mas ela perdeu-a cedo demais. Restaram as mágoas, a indignação, a indiferença dos outros, e no final ela estava só. Deixou de se importar com os outros, fazia o que sua cabeça mandava. Certo ou errado era uma questão de ponto de vista. Para ela, aquilo era o correto. Ruan percebe que está cansado e que já é quase hora de dormir. Embalado pelo sentimento bom de ter conseguido resgatar alguém, finalmente adormece.

No outro dia na escola, veem-se de longe. Olhares curiosos, disfarçados, ambos desejando a mesma coisa: conversar um pouco, tentar se entender. Mas faltava coragem por parte de Ruan, e mostrar-se frágil não está nos planos da Rebeca. E assim os dias vão passando. A ruiva deixa de ser um problema crônico. Ainda não tem amigos, mas não ameaçou mais ninguém. Está mais leve, mais alegre, mais normal. Ruan segue sua rotina, estudando e fazendo novos amigos em todo lugar.

Ao fim de mais um dia, as crianças voltam para casa portando uma solicitação de autorização para um passeio. A escola havia alugado um ônibus e levaria algumas turmas para visitar um museu. O passeio vai durar o dia inteiro, e os pais precisam autorizar.

Documentos assinados, hora de embarcar. As turmas se enfileiram próximas ao ônibus e um a um os alunos vão entrando. Quando a turma de Ruan entra, o pessoal da primeira série já embarcou e um lugar insiste em ficar vago, o lugar ao lado de Rebeca. Meio sem graça, mas impulsionado pelo seu *loren* particular, Ruan senta-se. Ambos estáticos, parecem petrificados, mal mexem os olhos e pouco respiram. Ele com medo do peso da mão dela; ela com medo de chorar.

Quase chegando ao destino, e ambos já com câibras por não se mexerem. Rebeca decide arriscar um contato:

– Me desculpe por aquele dia.

– Tudo bem... o roxo saiu rápido – diz Ruan já rindo.

Seu sorriso é espelhado por ela e deste dia em diante parecem ter uma vida inteira para contar um ao outro. E realmente têm. Se alguém perguntasse o que eles viram no museu, a resposta seria: nada. Andaram por todos os corredores e galerias, mas prestavam atenção em outra coisa. E o assunto parecia não ter fim; Rebeca falando do orfanato, Ruan, da creche, da sua mãe e assim o passeio acabou, para tristeza de ambos.

Como é de se esperar, a presença radiante de Nim melhora ainda mais o comportamento da menina de fogo. Ela se sente muito bem, envolvida por uma sensação de bem-estar e conforto que já havia esquecido de como era. Tem um amigo, enfim, e não vê a hora de encontrá-lo no dia seguinte para conversar. O sentimento eé compartilhado por Ruan que, mesmo tendo muitos amigos, sente que a amizade com Rebeca é diferente. Até o momento, a única que nasceu depois de um soco no olho, e até esse golpe agora parece algo bom, algo muito bom.

A agora alegre Rebeca chega ao orfanato e vai falar com uma das freiras. Quer saber alguma coisa sobre a sua história, quer saber quem é, de onde veio, como chegou até lá. Tais informações não seriam transmitidas a uma criança normal, por assim dizer, mas sabe-se que Rebeca é capaz de absorver um pouco o que lhe aconteceu no passado.

– Não sei muita coisa, Rebeca. Ouvi apenas que sua mãe sofreu um acidente e, por ser sozinha, você foi encaminhada até nós. Assim que você chegou, uma mulher vinha visitá-la com frequência. Vou tentar descobrir quem era ela e lhe aviso.

A freira sorri. Rebeca agradece e vai para o quarto.

Pouco depois, ainda no mesmo dia, a prestativa irmã vem com a informação:

– O nome da mulher é Sofia, mora no bairro de Horizonte e parece que você veio de lá também. Isso é tudo o que sei.

– Obrigada, irmã. Amanhã, se a senhora permitir, irei até esse bairro após a aula. Quero tentar encontrar essa Sofia.

– Façamos o seguinte – contra-argumenta a freira -, eu levo você lá no próximo final de semana. O bairro não é tão próximo e você não pode ficar andando sozinha por aí. Que tal?

Contrariada, Rebeca aceita a proposta. Para quem já esperou tantos anos, alguns dias não farão tanta diferença.

VIDRO NEGRO

O passar dos anos só veio consolidar o novo modelo, defendido por Loan, de envio de *glens* à Terra defendido. O retorno de *hyacin* aumentou tanto que a missão de esvaziar o tanque danificado de *cerven* é mais uma vez abortada. Foi enviado mais um tanque-esfera repleto de energia azul para Titã, a lua de Saturno que se passou aos poucos a chamar de lar. A energia azul na Terra subiu tanto que os manipuladores nem sequer trabalham mais: passam a maior parte do tempo no hangar organizando o envio de *hyacin* para Titã.

Além do tanque enviado, parte da energia coletada é embarcada diretamente em uma das Omnis. Os movimentos de ir e vir dessas naves são constantes, seja levando novos *lorens* para ocupar Titã, seja levando energia. Loan já visitou a lua e gostou do que viu. Espera poder ver crescer nela uma nova nação *loren*.

O único que ainda insiste com a manipulação é Bruti. Mesmo que todos já tenham abandonado o ofício, ele passa o dia em Altioren. Diz que sempre há o que melhorar e, mesmo sozinho, continua na função.

A frota de naves cargueiras cresceu muito. Das duas unidades que havia há alguns anos, hoje já são duas dezenas, o que garante o fluxo constante entre a estação e Titã. O metrô agora está abandonado e praticamente não há movimento algum após a primeira estação. Desde que Rubeum passou a contar com um tanque de *hyacin* para preparar os *glens* roxos, tudo de que se precisa é feito ali. As demais estações estão desertas, um pouco triste de se ver, mas, considerando que a Terra vive um momento de paz e prosperidade único e que as reservas de energia estão sempre no máximo, não há muito que reclamar.

Tudo vai muito bem até que um coletor entra correndo no hangar e dirige-se diretamente a Loan:

– Mestre Loan, nosso antigo tanque de *cerven* está apresentando diversas novas rachaduras. Acredito que ele não vai suportar muito tempo; precisamos esvaziá-lo.

Loan acompanha o *loren* até Rubeum e constata que a situação piorou muito. Mesmo com camadas adicionais de blindagem, um pouco de *cerven* já começa a vazar, inserindo uma leve névoa vermelha no ar.

Os construtores são acionados e os modeladores limpam a estação envelopando o *cerven* em *glens*. Alguns dias de trabalho e a estrutura para de vazar, mas o sinal de alerta foi ligado: não se pode mais ficar brincando com essa bomba. É preciso concluir a tarefa de uma vez; não há mais espaço para procrastinações. Mesmo com apenas metade da capacidade, se esse tanque explodir, a estação inteira deixará de existir. Sem estação, em pouco tempo haverá um problema de falta de energia novamente. Titã será o novo lar, mas a energia continuará vindo da conversão de *cerven* feita na Terra.

Volares continuavam a explorar o sistema solar, quem sabe em busca de algum lugar com *modrá*, o nobre cristal azul, origem da raça *loren*. Até o momento, as buscas se revelam em vão, mas encontraram vagando perdida no espaço uma nave igual a uma *loren*, uma daquelas que partiram de Tellus pouco antes da explosão. Muito provável que não tenham encontrado energia para se manter. O estado de abandono e destruição não dava esperança de encontrar alguém vivo nela.

Um grupo entra na nave para explorá-la enquanto outros ficam de prontidão do lado de fora. Lentamente andam pelos corredores escuros, a pouca iluminação vindo apenas dos próprios corpos. Vasculham a nave toda e, como esperado, nenhum sinal de vida. Recolhem um prismário. Loan vai querer pesquisar o que aconteceu aqui. Chama a atenção o estado de destruição da nave internamente, e todos têm a nítida impressão de que houve muita luta aqui. Lembram-se do incidente na estação e começam a acreditar que algum acesso de fúria também aconteceu aqui.

Concluem a exploração e decidem voltar à estação. Durante o trajeto de volta, algo passa correndo atrás do grupo. Todos olham, mas não encontram nada. Acreditam ter sido só algum ruído da própria estrutura destruída da nave. Um a um, vão se incorporando a suas Volares e partindo. Quando o último explorador está prestes a sair, seu corpo é atravessado por um tentáculo negro, seguido de outro, e depois outro. Três tentáculos agora se contorcem através de seu peito. Ele não consegue se mexer e, quando consegue gritar por ajuda, é arrastado rapidamente de volta para dentro da nave.

O grupo todo entra novamente para procurá-lo. Vasculham tudo, mas não encontram o *loren* desaparecido. Já desistiam quando alguém avista algo escuro em um canto próximo à saída. Ao se aproximar, suas luzes revelam o *loren* já sem vida.

Completamente negro e com três perfurações no tórax, marcas que parecem tê-lo feito derreter de dentro para fora, drenando a energia e deixando apenas uma casca vazia. Recolhem o corpo e saem rapidamente da nave.

Chegam à estação e vão imediatamente encontrar o *Tchiraula*. Ninguém jamais vira tal manifestação alienígena, tampouco os efeitos desse ataque sobre um *loren*. Ele parecia um molde feito com vidro negro, levemente derretido nos ferimentos torácicos. Não era possível imaginar que há poucos minutos ele era um dos pilotos. A notícia se espalha pela estação e Loan vem ver de perto o corpo.

Fica apreensivo com a possibilidade de aquilo chegar até a lua de saturno ou até a estação. Recebe o prismário de um dos pilotos e decide analisar o que aconteceu lá.

– Precisamos de mais informações antes de agir – conclui Loan já saindo para estudar o artefato.

PORTAS ABERTAS

Na escola, Rebeca comenta com Ruan sobre o próximo final de semana, já convidando o novo amigo para acompanhá-la. Sabendo da importância do evento para ela, Ruan prontamente aceita, ainda mais por terem a supervisão de um adulto. Era de se esperar que esta semana não tivesse fim, ao menos para Rebeca. Estava ansiosa por respostas. Respostas que até pouco tempo eram completamente desnecessárias, mas seu novo brilho interior a está impulsionando a buscar tudo que de bom já teve na vida: uma mãe, uma família.

Rebeca não é uma criança que foi abandonada em um orfanato pela mãe. Na verdade, só foi parar lá porque algo aconteceu, e é atrás dessas informações que agora corre. Ruan fala em casa sobre a missão do final de semana e o pai se compromete a levá-lo ao orfanato pela manhã, de onde partirão para Horizonte. Berta se propõe a fazer um almoço especial neste dia e diz a Ruan que convide a nova amiga para vir. Ele gosta da ideia. Os intervalos da escola já não comportam a quantidade de assuntos que eles têm para compartilhar, ou mesmo para atender à simples vontade de ficarem próximos.

Chega o tão esperado sábado. Logo cedo, Carlos deixa o filho aos cuidados da irmã no orfanato e os três seguem para Horizonte. A quantidade de informações de que dispunham era pouca, na verdade apenas um nome.

– Talvez a missão de busca não dê em nada – alerta a freira durante o trajeto, tentando diminuir a frustração da menina caso isso ocorra. Tal possibilidade nem sequer passa pela cabeça de Rebeca, e ela age como se estivesse indo ao encontro da própria mãe, tamanha é sua ansiedade.

Chegam enfim ao bairro, e os olhos de Rebeca buscam semelhanças em todos que passam, procurando um traço, algo que lhe dê alguma pista, que algum parente distante seja descoberto ou algo assim.

As coisas melhoraram um pouco por aqui. Já não é mais o lugar largado de quando a menina nasceu, infestado de criminosos, onde era mais fácil encontrar um corpo na rua do que uma criança brincando. Há muitas crianças brincando agora; é um lugar em desenvolvimento, renascendo.

A irmã pergunta a alguns moradores se sabem algo sobre uma certa Sofia, moradora antiga da região, mas há muitos novos moradores e um simples nome já não remete a alguém em especial. As buscas continuam por quase uma hora sem boas perspectivas. Já andaram boa parte do bairro e até agora nenhuma pista. Ao caminhar por determinada rua, Rebeca sente falta de Ruan, olha para trás e o vê parado em frente a uma casa. Chama o nome do amigo, mas ele não atende, parecendo concentrado em algo; ela decide então voltar para ver o que perturba o menino. Ele olha fixo para uma casa; Ruan realmente não sabe por que motivo, mas Nim sente que algo importante aconteceu ali, pois há uma energia diferente no lugar. O que Ruan não sabe é que Aurora estivera ali e a silhueta de um anjo ainda mancha a porta. Mas Nim sabe.

A freira se junta ao grupo tentando entender o que acontece e, antes que alguma explicação seja dada, um homem abre a porta da casa. Ao ver o trio ali parado, pergunta se pode ajudar. Informam que procuram alguém, mas que é uma moradora antiga e não sabem sequer se ela ainda está na comunidade; só possuem o nome dela, o qual, ao ser proferido, faz o prestativo morador apontar uma casa no final da rua e dizer:

– É lá que mora Sofia.

Agradecem e partem para o lugar indicado. Rebeca corre na frente, seguida por Ruan e pela freira gritando atrás para que eles a esperem.

Chega ofegante ao destino e põe-se a bater palmas, tentando chamar a atenção da moradora. Quando o resto do grupo se aproxima, uma voz de dentro da residência grita:

– Pode entrar; a porta está aberta.

Acostumada a receber clientes atrás dos artesanatos, já deixava a porta aberta, mas desta vez não é um cliente qualquer. Uma menina ruiva entra na casa e, a princípio, é encarada com surpresa, sendo, pouco depois, abraçada com lágrimas. Rebeca não entende direito, mas retribui o abraço enquanto os demais entram na casa.

– Rebeca! Como você cresceu! – fala aos prantos a moradora da casa, olhando a menina por todos os ângulos possíveis.

– Sofia? – questiona Rebeca.

–Sim, sou eu, veio me procurar por quê? Algo aconteceu?

A menina põe-se a contar os últimos eventos. Parte da razão, ou melhor, o responsável por ela estar ali naquele momento era o seu novo amigo, alguém que conseguiu fazê-la voltar a buscar o lado bom da vida. Constrangido, Ruan não sabe como reagir, então apenas ri envergonhado. Na verdade, não sabe sequer o que fez.

– Você conheceu minha mãe, dona Sofia? – questiona a menina.

– Não precisa do "dona" – ri a mulher, passando a mão na cabeça da menina. – Sim, tive o prazer de conhecer a sua mãe, Regina. A melhor pessoa com que já convivi. Ela tratava você como sua verdadeira filha.

As palavras "verdadeira filha" criam uma grande interrogação na da cabeça de Rebeca.

– Como assim? Regina era ou não a minha mãe?

– Meu anjo, sua história é um pouco mais complicada do que lhe disseram, se é que lhe disseram algo. Não acho que seja o tipo de história que se deva contar para uma criança, não será bom para você. Na verdade, sua história é triste de ser contada para qualquer um – diz Sofia enquanto revira uma gaveta e dela retira um retrato que entrega à Rebeca.

A foto mostra Sofia abraçada a uma mulher morena, grávida e segurando um bebê de cabelos vermelhos nos braços. Rebeca conhece, enfim, sua mãe, mas não se parece com ela. A lembrança daquela mulher a conforta, como se parte do amor que ela recebia naquele momento da foto a invadisse agora. Uma lágrima escorre pelo rosto da menina.

– Rebeca, o que você precisa saber da sua história é que essa mulher da foto, com você nos braços, foi a pessoa que mais a amou nesta vida. Se você veio dela ou não, isso não importa. Quero que guarde na memória a visão de uma verdadeira mãe, e Regina era essa mãe, acredite nisso.

O coração de Rebeca se acalma. Conseguiu muito mais do que veio buscar. Agradece a foto e a atenção de Sofia. Combina de voltar em breve para visitá-la. Missão cumprida, e o trio parte para Novo Horizonte. Uma outra mãe com um delicioso almoço os espera por lá.

SOMBRAS VIVAS

Na estação, Loan caminha para sua sala. Precisa encontrar naquele prismário informações sobre a criatura que matou o piloto durante a exploração. Inicia, então, sua viagem. As memórias salvas começam logo após a fuga de Tellus. A imagem de dezenas de naves lotadas de *lorens* espalhando-se no espaço é realmente triste. É como se, de alguma maneira, todos tivessem combinado de morrer distantes uns dos outros. Não havia certeza de nada naquele momento, só precisavam fugir dali.

No decorrer das memórias, pode encontrar incursões sem sucesso a alguns planetas. Com a falta de *hyacin*, aos poucos os *lorens* foram perdendo sua energia, tornando-se cada vez mais fracos. Modestas explosões de *hyacin* marcam suas mortes, cada vez com mais frequência. Ao longo dos meses, a tripulação diminuía e, onde não há *hyacin*, *cerven* começou a se acumular. Várias áreas da nave já estavam isoladas devido à grande quantidade de energia vermelha concentrada.

Não chegava a ser um grande problema ter de lacrar partes da nave. A energia vermelha não gera mais que um desconforto para um *loren*. As áreas isoladas se tornaram uma espécie de deposito de lixo, o que, naquele momento, não parecia ser o maior dos problemas. Infelizmente estavam errados.

Avançando um pouco nas memórias, Loan pode ver que isolar áreas da nave deixara de ser uma boa opção. Os *lorens* já estavam praticamente encurralados na metade dianteira da nave, e o *cerven* continuava aumentando sua concentração. Até que, em um determinado dia, uma grande explosão de *hyacin* varre as dependências da nave. Começam a se questionar o que acontecera e, para grande desespero dos sobreviventes, o *Tchiraula* estava morto.

Talvez morto não fosse a palavra correta, mas estava sombriamente cristalizado. Parecia uma escultura de vidro do *Tchiraula*, com diversas perfurações pelo corpo e completamente negro. Não sabiam o que causara aquilo, mas certamente estava por perto. Sem terem como se defender, decidem lacrar mais esta sala na esperança de conter o problema ali. Mais uma atividade em vão.

Nos próximos dias, outros *lorens* foram encontrados perfurados, enegrecidos e cristalizados. Não parecia haver nada que limitasse a ação da criatura. *Lorens* foram encontrados mortos, trancados em seus quartos, onde pareciam estar protegidos. Era como se as paredes não existissem, como se o cristalizador pudesse ir e vir livremente.

Loan chega enfim à última memória salva, que mostra diversas criaturas sombrias, cobertas por tentáculos, saindo das fendas da nave e surgindo das áreas isoladas. Saem como fumaça e se materializam nos corredores. Lentamente se espalham e começam a invadir os cômodos dos *lorens*. Pequenas explosões ocorrem na sequência, indicando que mais um *loren* foi morto. O dono das memórias lentamente entra no quarto, fecha a porta e para de gravar, aguardando o fim que parece muito próximo.

Apesar de esclarecer o que aconteceu com a tripulação, muitas questões não puderam ser respondidas: de onde vieram os cristalizadores? O que são aquelas criaturas? Têm algum ponto fraco? Será que alguma incursão interplanetária trouxe os novos hóspedes para a nave? Muitas dúvidas e apenas uma certeza: se até hoje os *lorens* não tinham inimigos, a lista acabou de ser inaugurada.

Após passar as informações para o *Tchiraula*, Loan decide não tomar nenhuma atitude em relação à nave abandonada. Muito tempo se passou desde o evento visto por Loan, e aparentemente no momento a nave não está infestada de criaturas; já devem ter se dissipado. Destruir a nave não garante a destruição dos cristalizadores. "E se apenas os espalharmos?", pensa Loan. A situação ficaria ainda pior. Como a nave está muito longe de Titã e da estação, é melhor seguir com os planos, porém, agora sabendo que algo no universo tem como base alimentar seres azuis dotados da mais pura energia: os *lorens*.

BORBOLETAS E TUFÕES

Alguns anos se passam e a cada ano a quantidade de amigos que cercam Ruan diminui um pouco. Não de maneira intencional, mas a proximidade cada vez maior entre ele e Rebeca está consumindo todo o seu tempo, algo que ele realmente não acha ruim. Na verdade não vê a hora de encontrá-la de novo. A menina sente o mesmo, sem, entretanto, contabilizar redução na lista de amigos, a qual nunca contou muitos nomes.

Muitas foram as visitas a Sofia ao longo desse período e muitas boas lembranças da sua mãe lhe foram contadas. A cada nova visita, sentia mais orgulho de Regina como mãe. Ela se tornou a referência de como viver para a menina. Um exemplo de força, de dedicação aos filhos, de breve e intenso amor. Alguém que um dia ela quer ter o prazer de imitar quando chegar sua hora de ter filhos; mas, como ainda está com quinze anos, possui um longo caminho a percorrer.

Ruan agora se sente mais importante. Há alguns dias iniciou seu primeiro emprego, ajudando o pai na parte administrativa da empresa de reciclagem. Carlos, como mais novo gerente depois de concluída sua faculdade de administração, agora leva diariamente consigo o filho, uma cena muito bonita de se ver e que enche Berta de alegria. Ela não se cansa de ficar espiando, na janela, ambos indo juntos ao trabalho. "Aquele menino realmente tem uma luz especial; nossa vida é testemunha disso", pensa ela enquanto seca uma lágrima.

A rotina de Ruan é trabalhar pela manhã, estudar à tarde e passar muitas horas da noite conversando com Rebeca sobre assuntos intermináveis. Um dia inteiro para ser contado de ambas as partes, mas, mesmo que não houvesse assunto algum, só o fato de ficarem juntos já era mais que suficiente para justificar o encontro.

Os garotos estão naquela fase em que a amizade começa a ganhar uma nova proporção, uma nova cor, um novo significado. O momento da separação no final das conversas é cada vez mais difícil, mais sofrido. Até que o sofrimento é tanto que Ruan beija Rebeca pela primeira vez, em uma das doloridas despedidas. Ele quer ter algo de bom para se lembrar ao partir, mas não sabia que seria tão bom. Nim explode durante o beijo. Sua luz ilumina a cidade, e a vizinhança sente uma confortável bruma invadindo os lares, como se um pouco daquele novo sentimento tivesse sido espalhado em todas as direções.

Sem tocar o chão, os mais que amigos se despedem, indo cada um para um lado, pairando levemente enquanto voltam para suas casas. Parece que as mentes foram trocadas: Rebeca só pensa em Ruan e o inverso é mais que verdadeiro. Na mais bela noite de sua vida, Ruan dormiu pouco, é verdade, mas sonhou muito, como jamais havia sonhado. Sonhou com os olhos abertos.

Pela manhã é só alegria. Ruan sente que pode voar, está realmente radiante. Ele sempre foi muito alegre, mas hoje está ainda mais, algo aconteceu. Seus pais o questionam, já imaginando o motivo de tanta alegria, mas, tímido, ele desconversa. Já sabe que hoje seu grande inimigo será o relógio, que teimará em andar devagar; será o mais longo dia dos últimos dezesseis anos. Após muita luta, a rotina da manhã foi vencida, hora de almoçar e ir à escola.

Em algum ponto da cidade, uma menina ruiva também está fazendo o mesmo, indo à escola. Ouve uma música romântica em seu fone de ouvido e também parece muito feliz. Vive seu momento apaixonado, isolada no meio da multidão. Aguarda sonhando o sinal abrir para atravessar. Este abre e sua música preferida começa a tocar. Dá alguns passos na faixa, quando todos ao seu redor começam a correr em várias direções. Fica parada sem entender e, tão logo olha para a esquerda, sente a música parar de tocar.

Alguém que não sabe a diferença entre verde e vermelho, alguém que acha que trinta segundos é muito tempo para se perder, alguém que não pensa nas consequências, alguém que está dirigindo o potente carro, agora atinge em cheio a garota. Sonhos para um lado, fones para o outro, lentamente o sangue se esvai do corpo de Rebeca, já sem vida.

Perplexos, os demais pedestres gritam por socorro. De joelhos, vendo a vida se esvair do corpo da menina, o condutor do carro se pune. Culpar-se de nada adiantará agora. Seus trinta segundos de vantagem se transformaram em uma vida de remorso. Os trinta segundos mais caros de toda sua existência.

SOPRO DA MORTE

Já está esquecido o evento sinistro do encontro com a nave *loren* abandonada. O inimigo devorador de *lorens* já se tornara uma espécie de lenda, e muitos nem sequer acreditam mais quando ouvem falar nisso. Na lua Titã, o novo lar dos *lorens* já evolui muito. Bastante coisa já foi construída em torno dos dois gigantes tanques-esfera de *hyacin.* Inicialmente foram depositados próximos, mas depois por segurança foram separados, e um grande anel foi construído interligando as estruturas.

Algumas locomotivas da estação foram levadas para Titã. O metrô da estação estava praticamente parado e as coisas por lá não param de crescer. A estação só não está completamente parada porque Bruti insiste em trabalhar em Altioren.

– Sempre há o que melhorar, sempre há o que melhorar – diz ele quando questionado sobre sua persistente tarefa. Os demais manipuladores já se mudaram todos para a lua e aos poucos a estação vai se esvaziando. Ficam apenas os coletores trabalhando na estação central e em Rubeum.

Após tantos anos, conclui-se enfim a construção do tanque-esfera que irá esvaziar o tanque de *cerven* danificado. A manobra acontecerá em breve e muitos *lorens* virão de Titã especialmente para isso. Já conhecem o peso que tem a atividade, bem como os riscos da operação. O *Tchiraula* já passa a maior parte do tempo em Nova Tellus, e inclusive se cogita a possibilidade de se iniciar a criação de um novo soprador. Está na hora de ter alguém para compartilhar a tarefa de multiplicar a espécie. Energia já não é mais problema; os tempos áureos dos *lorens* estão de volta.

Loan também está preparando sua mudança para Titã. Relutou o quanto pôde, mas não ficará sozinho na estação. E essa solidão é uma questão de tempo. Enquanto arruma suas coisas, depara-se com o já esquecido prismário de seu pupilo Nim. O peito ganha uma cor roxa tão logo as lembranças lhe voltam à mente. Aquilo ainda dói nele até hoje. Não se perdoou por não ter conseguido salvá-lo. Olha com carinho mais uma vez para o prismário de Nim antes de guardá-lo entre suas coisas. Esse é um dos pertences que ele certamente vai levar consigo.

Passados alguns dias, chega enfim a tão esperada e adiada operação: centenas de *lorens* perfilados, outra centena de prontidão, o *Tchiraula* e todos os manipuladores presentes. A migração do *cerven* vai começar. Válvula do tanque aberta, a artéria jorra forte e os manipuladores mais experientes iniciam o trabalho de conduzir a energia. Horas se passam e aos poucos eles vão se revezando na tarefa, já sabendo que o processo é demorado e bem desgastante. Mas aprenderam também com o evento do passado; tão logo o grupo de *lorens* exaustos cresceu, *Tchiraula* devolve a energia a eles com um sopro. Tudo corre bem mais tranquilo desta vez. Faltam poucos minutos para que a operação se conclua com sucesso e sem contratempos. Por fim, um tanque repleto de *cerven* é levado para Titã e o outro, danificado e agora vazio, deixa de ser uma preocupação.

A grande maioria dos *lorens* já havia deixado a estação, restando apenas os coletores de sempre, o *Tchiraula* e os manipuladores reunidos na sala do soprador, avaliando a operação e planejando o que seria feito daqui para frente. O trabalho de coleta continua normalmente, até que se ouvem ruídos estranhos. Alguns, intrigados, começam a procurar a origem do som, andando por toda a estação, mas, assim como começou, o ruído para. Já retornavam para a sua rotina quando notam a presença de uma névoa negra no chão. Ela parece sair de novas fendas do tanque recém-desativado.

Enquanto um grupo permanece ali, um dos coletores corre para notificar o *Tchiraula*:

– Grande criador, há algo de errado com o tanque que acabamos de esvaziar, as rachaduras aumentaram muito e uma névoa densa e negra sai dele neste momento.

Não é o tipo de notícia que se gosta de receber e todos partem em direção à estação um. Constatam o que fora anunciado. O ruído se reinicia tão logo o *Tchiraula* se aproxima. Desta vez, fica claro de onde vem o som. Algo está esmurrando o tanque pelo lado de dentro. A cada golpe, novas e maiores fendas se abrem e mais névoa invade o ambiente, até que o tanque se rompe.

Uma onda de névoa negra passa sobre os presentes, não parecendo nada perigoso. Ao menos não lhes causa nenhuma reação; tão logo a visão permite, passam a observar o tanque, agora em silêncio. Aquele conjunto de fatores faz Loan recordar a visão contida no prismário colhido no evento na nave *loren* abandonada anos atrás. Assim que se dá conta, pede a todos que se afastem do tanque. Lentamente caminham em direção à saída, até que um coletor passa em frente ao tanque e é atingido por uma rajada de névoa negra, cristalizando-o imediatamente e fazendo-o explodir em seguida.

Perplexos, aceleram o passo e, de dentro do tanque, uma criatura horrenda começa a sair. Ela é vermelha e coberta por tentáculos, que são disparados na direção dos *lorens*. Cada golpe faz surgir uma nova explosão. Quando consegue sair completamente do tanque, sopra com força contra o grupo e uma densa névoa negra atinge parte dos que estão em fuga, cristalizando-os instantaneamente; explosões de *hyacin* são vistas na sequência. Burti é atingido, e metade de seu corpo está negro e desfazendo-se. Loan o toma nos braços e o conduz até a locomotiva. O *Tchiraula* decide intervir e vai em direção ao seu maior inimigo, algo que ele desconhecia existir, um soprador vermelho.

CHUVA DE LÁGRIMAS

Ruan não vê Rebeca antes da entrada na escola. Atrapalhada como é, deve ter se atrasado novamente. Sua agonia deve durar até o intervalo, pensa ele. E vivendo essa agonia as aulas vão passando. Enfim o sinal. Corre para a sala de sua mais que amiga e a vê copiando algo do quadro. Seu coração se acalma, e ele segue sorrindo ao encontro dela, e o sorriso é retribuído tão logo ela o vê. Em um hospital não tão longe dali, não é com um sorriso que o médico caminha em direção ao casal em prantos. A triste notícia precisava ser dada:

– Sua filha não resistiu aos ferimentos, sinto muito – fala enquanto toca o ombro do pai, neste momento, paralisado.

Lágrimas, gritos, e uma mãe e um pai que não entendem o ocorrido. Há poucas horas, a filha Carol saíra de casa feliz, rumo à escola. E agora descansa sobre uma maca de hospital, coberta por um fino lençol branco, que, ao ser levantado, só confirma a notícia recém-recebida. Ana não resiste e desmaia nos braços do marido Daniel, que não sabe de onde vai tirar forças para continuar, não consegue imaginar como viverão sem sua filha. Há anos, tudo o que fazem é pensando nela; viviam para fazê-la feliz.

O sinal marcando o fim do intervalo toca, os amantes/amigos se despedem e um novo beijo quase nasce, mas decidem deixar para mais tarde, quando estiverem a sós. Apenas riem da situação e partem para suas salas.

Ana e Daniel saem do quarto onde está o corpo da filha. Existem preparativos dolorosos a serem cumpridos, o tipo de situação da qual nenhum pai ou mãe deseja participar: o funeral de um filho. E, secando toda reserva de lágrimas que tinham, executam a tarefa e decidem se mudar. A professora de piano e o advogado vão recomeçar, mas longe dali.

Não há como continuar morando em uma casa que parece abrigar a alma da própria filha: o canto do sofá em que ela se sentava, a cadeira à mesa, o quarto, as coisas dela. Até quando essa mãe vai aguentar chorar abraçada ao travesseiro da filha? Até quando aquele pai resistirá secando as lágrimas quando estacionar o carro em casa, após um dia de trabalho? A bela casa já está à venda e agora é uma questão de tempo até que seja vendida e eles possam, enfim, partir dali.

Ana precisa ir à cidade resolver algumas pendências antes que a mudança se concretize. Reluta vários dias, até que, sem ter mais escolha, é obrigada a ir. Caminha como um zumbi pela calçada, não vê nada à sua frente que não seja a imagem da filha. Lágrimas lhe escorrem pelo rosto ao cruzar uma rua, imaginando como foram os últimos momentos da filha. Sente um profundo ódio de todos os carros que por ela passam.

– Essas armas são as responsáveis! Malditos automóveis, malditos motoristas irresponsáveis.

Concluída a peregrinação metropolitana, a mãe zumbi se dirige ao estacionamento. Hora de voltar para casa; hora de chorar abraçada ao travesseiro por mais algum tempo.

Com o olhar perdido em algum ponto distante, vê sua filha se materializar na sua frente e dobrar rapidamente uma esquina.

– Carol! – grita sem pensar. Corre até a rua e vê se afastando uma menina de cabelos vermelhos.

Impulsivamente corre até a garota, segurando-a pelo ombro, e chama pela filha mais uma vez. Assustada, a menina olha para trás e depara com uma mulher ruiva aos prantos, neste momento lhe pedindo desculpas pela confusão.

– Tudo bem, senhora? – fala Rebeca, já preocupada com o estado da mulher.

Questionada pela garota, a mulher diz que está tudo bem, mas as lágrimas teimam em dizer o contrário. Sem saber o que fazer, Rebeca se despede, atravessa a rua e entra no orfanato. Tentando se recompor, Ana acompanha a menina e, neste instante, nasce dentro da sofrida mãe uma pequena chama de alegria ao ler a palavra "Orfanato" no prédio em que a ruivinha acaba de entrar. Segue até o local e pergunta a uma freira, que está em frente, sobre a adolescente ruiva que acabou de entrar.

– A Rebeca? Essa vai acabar se tornando uma das freiras. Já está há tantos anos aqui esperando para ser adotada que nem sequer se lembra disso.

A palavra "adoção" começa a remontar o coração daquela mãe. Sente que pode dar todo seu amor para alguém. "Como não havíamos pensado nisso?" Liga imediatamente para o marido e pede que a encontre urgentemente. Em alguns minutos, o casal está conversando com a madre superiora sobre os procedimentos legais necessários à adoção e, tão logo concluem, Rebeca entra na sala. Assusta-se quando reconhece a mulher, novamente em prantos, só que agora acompanhada por um homem, que também está prestes a chorar. Se fosse num passado distante, tal situação seria devido a alguma traquinagem dela, mas hoje? "O que foi que eu fiz?"

A madre a põe a par da situação. Rebeca, ainda sem acreditar repete:

– Serei adotada?

Os candidatos a pais temem uma rejeição, a imagem que estão passando no momento não deve ser das melhores, mas infelizmente não têm como disfarçar.

– Você não quer? – pergunta Ana entre um soluço e outro.

– Claro que quero! – grita a garota já correndo para abraçá-los. Lágrimas são gentilmente distribuídas a todos os presentes. Até as freiras, que há anos estariam dando pulos de alegria se isso acontecesse, hoje sofrem com a iminente separação.

Acertos realizados e, tão logo as devidas autorizações sejam concedidas e a nova casa esteja disponível, virão buscar a nova filha. Despedem-se, mas Ana já deixa claro que até a mudança definitiva ela será visitada todos os dias, pois, de agora em diante, Rebeca tem uma família novamente.

SACRIFÍCIOS

O imprevisível combate entre *Tchiraula*s se inicia. Apesar de não contar com todas as suas forças, devido à exaustiva tarefa de migrar o *cerven* entre os tanques, o representante da vida não se intimida e lança seu sopro branco na direção do agressor. Os tentáculos atingidos se cristalizam em um belo azul, caindo estilhaçados logo depois. Parte do corpo do gigante vermelho também sofre o efeito, mas rapidamente recupera a cor predominante. Uma névoa negra vem agora do soprador da morte. O corpo do *Tchiraula* azul absorve seu efeito maligno e nenhum dano lhe é infligido.

A luta permanece à distância com troca de sopros: a vida contra a morte, e ambos já vão ficando sem energia. Furioso, o vermelho parte para cima do azul e começa a perfurá-lo com seus tentáculos. Manchas negras se formam em torno dos ferimentos. Alguns tentáculos se cristalizam e se quebram, enquanto outros permanecem absorvendo a energia e as memórias do soprador azul, que a esta altura já não tem mais forças para revidar. Um último sopro quebra os tentáculos restantes, mas novos nascem e tornam a perfurá-lo. Ele sente as lembranças sendo roubadas pelo *Tchiraula* vermelho, assim como o grande perigo para seu povo se a nova morada for descoberta.

Em um último esforço, o bravo *Tchiraula* azul concentra toda sua energia restante e a detona como uma granada. Uma grande explosão de *hyacin* acontece e um grande anel de energia azul passa rápido pela locomotiva, que a essa altura está parada na estação central. Infelizmente a explosão não destrói o soprador vermelho, mas o fere gravemente. Todos os tentáculos foram arrancados e ele rasteja de volta para o seu escuro tanque. Loan não quer acreditar, mas parece que a morte venceu. Em seus braços, Bruti mostra os últimos sinais de vida. Já estão perto da sala da esfera de Loan quando ele pede para ser colocado no chão.

– Preste atenção, Loan, não tenho muito tempo. Peço que me perdoe, mas havia um motivo especial para eu ter ficado esse tempo todo em Altioren. Pegue o meu prismário e peça para ver as memórias armazenadas do incidente em que quase destruímos a estação. Eu juro que tentei, mas não consegui consertar.

E, ao concluir essa frase, o restante de seu corpo começa a cristalizar e, nos braços de Loan, ocorre mais uma explosão de *hyacin*. Bruti se foi.

Ainda sem entender ao certo o que está acontecendo, pega o prismário do amigo, seus pertences, e foge da estação com os demais *lorens*.

A viagem é longa e lentamente se afastam da estação. Não da maneira como gostariam, pois ainda há muita incerteza no ar. Como ficarão agora sem o *Tchiraula*? Essa pergunta começa a ecoar pelos aposentos da nave cargueira.

Assim que Loan recebe a confirmação de que todos conseguiram sair, procura um quarto para acessar as memórias citadas por Bruti. Vê quando tudo começou: o acesso de fúria, a destruição dos trens na estação e a morte de vários *lorens*.

Neste momento, Loan percorre o momento da luta entre ele e Bruti, que parte para cima de Nim ao ser distraído momentaneamente e a imagem se apaga por uns segundos justamente quando iria golpeá-lo. A imagem estabiliza novamente, agora mostrando Nim à frente de Bruti e o início da perseguição. Na rampa de acesso, quase o acerta. Vê o pequeno se enfiar no lançador de *glens* e sumir. Loan solta o prismário.

– Então Nim não morreu no meio daquele caos? Será que ele está na Terra esse tempo todo? Esse tempo todo em Altioren, Bruti estava tentando encontrá-lo sem sucesso. Por azar, foi logo depois do evento em que melhoramos muito o nível de *hyacin* na Terra. Acabamos criando uma cortina de fumaça que nos impediu de encontrá-lo, se é que sobreviveu após o lançamento. Com a estação agora invadida, ficará mais complicado continuar as buscas. Se ao menos ele tivesse compartilhado esse segredo antes, uma grande força tarefa com todos os manipuladores poderia tê-lo encontrado. Agora é tarde, estamos sem acesso a Altioren. O pequeno terá de esperar mais um pouco.

Apesar de toda a tragédia, saber que Nim está vivo alegra Loan. "Nunca desista, meu pequeno, nunca desista! Em breve conseguirei resgatá-lo."

A notícia do incidente invade Titã. Há muito o que lamentar do episódio. O criador foi perdido. Muitos *lorens* foram mortos. E o pior! Uma criatura desconhecida se apresenta: um soprador vermelho.

De bom, só a possibilidade de Nim estar vivo; vivo e andando pelo planeta Terra. Os tempos oscilam rapidamente entre o auge de outrora para a incerteza do amanhã. Os *lorens* vão precisar se reinventar mais uma vez.

O MAR

Rebeca não via a hora de contar a novidade para Ruan e o faz tão logo o encontra. É com um misto de alegria e preocupação que a notícia é recebida. Ruan está contente por sua amiga ter enfim encontrado uma família, pois sabe o quanto isso é importante, mas a parte da mudança não é bem aceita:

– Mudar para onde? Será para perto ou longe? – pergunta Ruan preocupado. As respostas vão ter de esperar, já que Rebeca também ainda não sabe. Seus novos pais disseram que querem fazer uma surpresa e só vão revelar o destino quando a aquisição tiver sido concluída. São tantas as novidades das quais Rebeca quer falar: como é sua nova mãe e o pai, o que eles fazem, os planos para o próximo final de semana. Ruan se sente excluído do processo, mas em nenhum momento deixa transparecer o ciúme, apenas escuta as palavras dela com ar feliz.

No decorrer das próximas semanas, as visitas da sua mãe são o assunto. A frequência dos encontros com Ruan cai bastante, agora ele a está dividindo com Ana e Daniel. Sobra-lhe um ou no máximo dois encontros na semana, e finais de semana nem pensar. A programação é intensa e dois dias já não são suficientes. Rebeca radiante; Ruan apagado. Os pais dele notam a grande diferença no humor do garoto. Coisas da primeira paixão, pensam, fazem parte do processo.

Até que, em uma sexta-feira, ele não encontra Rebeca na entrada da escola, ainda que isso não fosse tão difícil de acontecer, pois ela vivia se atrasando. Mas no intervalo vem a confirmação: ela não havia assistido a nenhuma das aulas. A frase "a mudança vai acontecer" ecoa como um trovão na mente de Ruan. Cata seus materiais escolares de qualquer jeito e corre o quanto pode para o orfanato. Em frente, um carro está recebendo os poucos pertences da ruivinha e todas as freiras se despedem. O dia tão temido chegou.

Quase sem fôlego, aproxima-se do grupo e é recebido com um belo sorriso de Rebeca, seguido de um abraço e da confirmação:

– Hoje vou para a minha nova casa!

A frase desmonta o garoto. Cacos dele poderiam ser vistos caindo sobre seus pés. Mas nem tudo está perdido, afinal, talvez ela se mude para perto.

– Já sabe onde vão morar?

– Sim! – grita a menina, dando sinais claros de empolgação. – Será próximo ao mar, Ruan! Próximo ao mar! Já imaginou?

O mar. A antiga promessa de passeio familiar há tanto adiado por Carlos. Agora ele surge assim? Como destino de Rebeca? Centenas de quilômetros vão separá-los. O mar deixa de ser um lugar bom neste momento. O mar lembra afastamento, tristeza, saudade. A garota não para de falar, fazendo mil planos para quando ele for visitá-la. Ruan não ouve uma palavra sequer, apenas olhando-a fixamente, tentando gravar aquele rosto feliz que não sabe quando voltará a ver. Só sabe que fará muita falta.

Eles iriam passar na casa de Ruan para que se despedissem, mas, já que ele veio, a despedida é aqui mesmo. Ela manda um abraço para os pais dele, abraça o garoto e diz que espera encontrá-lo em breve na nova casa. Despede-se das freiras e entra no carro. O som da buzina anuncia a partida. Lentamente se afastam com acenos de ambas as partes. Algumas freiras choram, já sentindo saudade da menina. Elas jamais pensariam, anos atrás, em chorar por ver Rebeca partir.

O carro já sumiu, mas Ruan continua a olhar na mesma direção fixamente. Parece que pode ver objetos a quilômetros de distância, o que não é verdade. Se por fora ele já aparenta toda tristeza do mundo, por dentro a situação é ainda pior. Nim está incontrolável. Queria poder sair deste corpo, correr atrás do carro, fazer qualquer coisa! Menos ficar ali parado. Esforços em vão. Sentia-se como se estivesse sendo rasgado. Uma dor que ele não sabia que existia. Não a entende, e isso o revolta. Sua cor oscila entre o mais brilhante azul e o mais escuro vermelho, e explosões de *hyacin* e *cerven* se alternam. Até que em um determinado momento esse processo para.

Dentro de Ruan agora, um estático *loren* está presente. Se pudesse ser visto fora do corpo, estaria opaco, preenchido por uma névoa cinza, que não irradia nenhum tipo de energia, nem boa, nem ruim. Está literalmente desligado. Começa a chover e, de cabeça baixa, Ruan segue seu triste trajeto para casa, A chuva vai ajudar, ao menos as lágrimas não serão vistas. E elas são derramadas durante todo o percurso.

Frases curtas são disparadas quando seus pais perguntam o que havia acontecido. Entendem a dor do filho e o consolam, dizendo que tudo isso passará e que o tempo é o melhor remédio, que o que tiver de ser será, etc., etc , essas tentativas frustradas de se levantar o moral destruído de alguém. Ruan apenas agradece e vai se trocar para deitar. Esta será uma longa noite e provavelmente a pior que já viveu.

INDEFENSÁVEL

Como esperado, é uma péssima noite. Mas, em determinado momento, Ruan adormece. Pela manhã, como de costume, Berta o acorda. Hora de se levantar e trabalhar. O primeiro chamado não é atendido, e ocorre um segundo, algum tempo depois um terceiro e, pela primeira vez, Ruan não se levanta. Berta se aproxima, numa nova tentativa de acordá-lo, e o encontra ardendo em febre. Outra situação inusitada: Ruan doente.

Chama Carlos e rapidamente levam-no para o hospital. No trajeto, demonstrando todo afeto pelo irmão, Natália diz:

– Logo você vai estar bem novamente, mano. Lembra na semana passada? Eu também estava assim e agora estou bem – referindo-se ao um próprio quadro febril já superado anteriormente. A preocupação da menina emociona os pais e, se já estavam comovidos com a situação, aquele gesto faz com que levem as mãos ao rosto para secar as lágrimas.

Chegam ao hospital e entram com Ruan pela emergência. A maca com o rapaz some pela grande porta, deixando a família na triste espera por um diagnóstico. Algum tempo depois, um médico vem falar com os agoniados pais:

– Minha senhora, eu gostaria de confirmar se seu filho é alérgico a algum medicamento. Quais foram as doenças que ele já teve?

– Doutor, meu filho nunca teve nenhum tipo de doença, nem um resfriado, sempre foi muito saudável, motivo de preocupação da nossa parte, no passado – informa Berta, meio sem acreditar nas próprias palavras.

– Desculpe insistir, mas acho que a senhora está errada. Seu filho é muito frágil para ter chegado à adolescência sem nenhum tipo de doença. Estou realmente admirado por ele ter sobrevivido até hoje, já que simplesmente parece não ter nenhum mecanismo de defesa no organismo. Por favor, liste-me as doenças do seu filho. Queremos ajudá-lo.

Já demonstrando desespero, Berta segura o jaleco do médico e grita:

– Qual parte do "nunca teve nenhuma doença" o senhor não entendeu? Diga-me que eu explico! – Carlos a segura e tenta acalmá-la. O médico sai sem respostas, mas antes informa:

– Seu filho está com uma grave infecção respiratória. Manterei vocês informados.

O mundo de Berta e Carlos parece estar desmoronando. Tudo isto é muito irreal. Ruan? Uma criança frágil? Quantas foram as vezes que se realizaram exames tentando buscar a explicação para a sua saúde de ferro e sempre com os mesmos resultados? "Seu filho não tem nada de anormal."

– Eu sabia... eu sabia! – grita Berta, enquanto anda aflita de um lado para o outro. E assim as horas vão passando. Deixam a pequena Natália na casa dos padrinhos e por fim passam a noite no hospital.

Pela manhã, o médico retorna.

– Vocês podem ver o menino. O quadro dele é grave e o corpo não apresenta nenhuma reação. Apenas os medicamentos não serão suficientes para curá-lo. Ele precisa reagir.

Caminham atônitos pelo corredor até o quarto do filho: preso a diversos aparelhos, um bip fraco ao fundo, o som da respiração falhando; isto só pode ser um pesadelo do qual Carlos e Berta querem acordar, mas não conseguem. Aquela criança ali deitada não parece o alegre Ruan de sempre, aquele que ontem estava saindo de casa para trabalhar. Parece que ele apagou.

De certa forma, é exatamente isso que aconteceu. O *loren* que o protegeu durante todos esses anos está agora inerte, deixando-o por conta própria. Realmente era muito saudável, mas seu organismo nunca lutou contra nenhum tipo de doença. Neste momento, dentro do garoto, é como se a luta dos *lorens* vermelhos estivesse acontecendo e suas defesas, pequenos *lorens* azuis, não sabem o que fazer, sendo eliminados um a um. E o quadro infeccioso só se agrava.

A casa da família vira apenas um dormitório. Serve somente para que um dos pais descanse enquanto o outro permanece no hospital. A vida do casal parou. Têm a impressão de que a felicidade resolveu cobrar toda a alegria que aquele filho lhes trouxe e acaba de mandar a fatura. Uma fatura que precisa ser paga com muita tristeza, uma conta cara demais.

Apesar das adversidades, não perdem a esperança. Rebeca tentou contato algumas vezes por telefone com a família. Queria falar com o mais que amigo, porém sem sucesso. Dias se passam e ela começa a ficar preocupada. Entra em contato com o orfanato e pede a uma das freiras que faça uma visita e descubra o que está acontecendo.

As notícias recebidas não são nada boas e, em uma das tentativas de contato para saber mais informações, Berta a atende. Entre um soluço e outro, relata à Rebeca como têm sido os últimos dias. A garota não quer acreditar, mas ouve de Berta que o estado do filho é muito grave. Tudo que Rebeca havia conquistado nos últimos dias parece simplesmente deixar de existir. Quer voltar, mas, de comum acordo entre as famílias; o momento não é apropriado. Ruan está na UTI e nem sequer pode receber visitas. O que resta agora é esperar uma reação.

Um mês de agonia depois, a situação do garoto só piora. Sua infecção pulmonar, a esta altura, já é uma infecção generalizada. Por mais medicamentos que usem, não conseguem fazer o corpo dele reagir. Sem muita alternativa e temendo que o hospital termine de matar o menino, infectando-o com alguma outra doença, os médicos decidem deixá-lo passar seus últimos dias em casa.

Uma pequena equipe médica os acompanha até a casa e uma estrutura para mantê-lo vivo é montada. Neste momento, inconsoláveis em torno do seu leito, pai, mãe e irmã velam por sua melhora. Rebeca é informada e faz os preparativos para visitá-lo, antes que seja tarde.

VOLTANDO PARA CASA

Em um dos raríssimos momentos acordado, Ruan chama o pai e lhe faz um pedido:

– Quero ver o mar...

Aos prantos, o pai diz que vai providenciar. Não será uma viagem de turismo, como planejado. Não será uma viagem fácil de ser executada. O menino está frágil demais.

Uma ambulância é obtida e uma equipe médica vai acompanhar o garoto. Tal situação cancela a visita da amiga. Ela vai esperá-lo. Iriam, enfim, ver o mar juntos.

O dia chega. Uma ambulância à frente, levando a mãe e o garoto, Carlos com Natália atrás. Berta segura a mão do filho durante todo o trajeto. A viagem vai durar muitas horas e, mesmo sendo tão arriscada, todos querem poder atender ao pedido de Ruan. A comoção é geral, e mesmo os médicos que, a esta altura, já haviam analisado os exames do passado, não entendem o que está acontecendo. Não há explicação. Ele possuía uma saúde perfeita e de repente parece que todas as doenças decidiram atacá-lo de uma só vez.

Longas horas até o destino. Apesar do natural cansaço, Ruan parece estável. Carlos estaciona o carro e a ambulância para ao lado. Enfim chegam ao tão esperado mar. É inverno e um belo céu azul adorna a paisagem. A praia está vazia, poucos se arriscam a caminhar pelas areias brancas e finas. Os enfermeiros colocam o garoto em uma cadeira de rodas, que é conduzida por sua mãe pelo calçadão até aonde é possível ir. Ficam ali, aos prantos, olhando a bela paisagem.

– Olha, filho, que lindo! – diz Carlos com a voz embargada.

Ruan abre um pouco os olhos. Pela pequena fresta, vê a imensidão do oceano. Se estivesse um pouco mais forte, teria nascido em seu rosto um sorriso. Ao menos, dá a entender que isso aconteceria. Achando muito pouco o filho apenas ver o mar,

Carlos o toma nos braços e lentamente o leva até a beira da praia. Neste momento, outro carro estaciona próximo à ambulância. Daniel, Ana e, é claro, Rebeca acabam de chegar. Tão logo a menina sai do carro, corre em direção a Ruan, que a esta altura está próximo à água, no colo do pai.

Soltando um pouco as pernas do filho, Carlos faz os pés do menino tocarem a água e um novo esboço de sorriso nasce no rosto de Ruan. Rebeca alcança os dois e não é capaz de reconhecer neste debilitado garoto seu alegre e saudável amigo de tempos atrás. Pega a mão dele e a beija, molhando-a com suas lágrimas. Berta acaricia levemente o rosto do filho e, neste momento, todos da equipe médica que acompanharam o translado se aproximam. Muitas lágrimas estão sendo pagas como tributo ao mar. Mas ele não está cobrando nada, na verdade, choraria junto se não fosse feito só de água.

Nos braços do angustiado pai, o corpo de Ruan treme e, de todas as direções, *cerven* começa a se acumular sobre a triste comitiva. A sensação de angústia e morte iminente invade a todos, quando um grande redemoinho de *cerven* se forma sobre eles e, tocando o peito do garoto, está o vórtice. Atraindo cada vez mais *cerven*, a figura cônica cresce sem parar. Seu topo estaria próximo das nuvens, se pudesse ser visto.

A sensação de desconforto dos presentes é muito grande, uma tristeza gigantesca se abate sobre eles, mas o amor pelo menino os blinda.

Mesmo sem querer acreditar, sentem que a vida do menino está chegando ao fim. Seu corpo treme sem parar. Parece que, enfim, a infecção venceu e os frágeis órgãos cansaram de lutar. Mas, dentro do garoto, um *loren* entra em erupção. No centro do seu corpo, a névoa cinza começa a se concentrar e a se tornar azul. Todo o gigantesco ciclone de *cerven* que paira sobre o grupo é rapidamente drenado para dentro de Nim, e uma quantidade incalculável de energia vermelha desaparece frente ao despertar de um apaixonado *loren*, diante de todo amor que sua família e amigos podem lhe dar, culminando no maior evento de conversão já obtido.

Uma explosão atômica azul acontece na praia. A onda de energia positiva é sentida a quilômetros de distância. Quem caminha triste pelas ruas olha com esperança para o céu e sorri. E o sorriso é imitado por todos os atingidos pela onda. Sem saber o motivo, todos se sentem mais contentes neste momento, com mais esperança, com mais vontade de viver e ser feliz, com mais amor à vida. Vida que agora pede espaço dentro de Ruan. Seu protetor está de volta e, agora, mais forte do que nunca!

Rapidamente o corpo dele começa a se regenerar e, assim que suas forças retornam, abre os olhos e diz:

– Obrigado pelo passeio, pai. Já podemos voltar para casa.

CONTINUA...

Mais informações sobre a obra e o autor:

Autor
www.facebook.com/jrubberman

O Livro
www.facebook.com/trilogiametro